メディアワークス文庫

古典確率では説明できない双子の相関やそれに関わる現象

東堂杏子

――1.

「勇魚《いさな》、バンザイしてみ」

葉月《はづき》先輩がぼくの耳穴を舐《な》めて囁《ささや》いた。

ぼくは素直に両腕を上げた。先輩がぼくのシャツを脱がせる。首のあたりがつっかえて息苦しい。不機嫌が眉根から漏れた。

そんなぼくを眺めて先輩はいきなりヤニ臭いキスをする。すっぽりと包み込む巨体、ただのオタク男だと思っていたのにこの包容力はあなどれない。

腋臭《わきが》がしみついた長椅子に倒されて、先輩の肩越しに汚い天井を見上げた。部室のドアに鍵をかけるべきだったと後悔した。あえぎ声は出せないな。歯を食いしばって頑張るぞと決意を新たにする。

先輩の手慣れた愛撫《あいぶ》は続いていた。

ぼくの胸を撫《な》でさすって突起をいじりながら下半身に手をかけたところで、ふいに先輩は背を起こす。大声で笑ってぼくの額を指で弾《はじ》いた。

「勃《た》ってねえじゃん。勇魚、おまえ本当にやる気あるのか」

「先輩こそ」

「ああ、やめやめ。中止。やっぱりムリ」

いきなり現実に引き戻された。

とたん、忘れきっていた重力を思い出す。肩が重い、空気が重い、気圧が苦しい、全身がだるい。

「着ろよ。風邪ひく」

先輩はぼくのシャツを丸めて投げつけた。思ったよりもうまくいかないものだと呟《つぶや》いて、ぼくはシャツに頭を突っ込んだ。


壁時計を見上げると午前四時。

窓から見える六月の空はまだ深い濃紺だった。

ぼくは部室を出てトイレに向かった。遠回りして暗い廊下を歩いていたら、落研の方角からご機嫌な笑い声が聞こえてきた。徹夜でボードゲームでもやっているのだろう。大学生っていうのはどうして真夜中になると急に知能指数が下がるのだろう、ぼくも含めての話。

深夜のサークル会館はなんだか変な感じだ。

ひとつ溜息《ためいき》をついて漫画研究部の部室に戻った。先輩は長椅子に転がり、膨らんだ腹に汚れたタオルケットを掛けている。

「おれ寝るよ。あした朝イチでマクロ経済だから八時半になったら起こしてくれる？」

「知りませんよ。ぼくはこれから帰ります」

雑に言い返して、先輩が横たわる椅子の頭上にホワイトボードを引っ張った。カラカラになりかけている赤ペンを勢いよく振ると、かすれた文字で大きく書き込む。


『←ヒグマ冬眠中、最初に部室に入ったひとが起こしてください』


部室を出る前に振り返ると、葉月先輩がまだぼくを見つめている。

「……なあ、イサ」

「ん？」

「誰も恨むなよ」

こういうのはいやだな。ぼくは無視した。それなのに先輩の言葉は続く。

「人が人を好きになったこと、誰も憎んだらいかんよ。恨んだら、いかんよ。人が人を好きなことを憎むなよ。田辺《たなべ》が吏子《りこ》を好きなこと、吏子が田辺を好きなこと、もう恨むな」

きまずい沈黙が流れたけれど、ふた呼吸ぶん我慢する。やがて背中の気配は心地良い寝息に変わっていた。

先輩は眠ってしまった。

いったい何なんだろう、この男は。どこまでも健全なひとだ。うつくしいひとだ。天使みたいだ。呆《あき》れる。だから葉月先輩の漫画は面白くないのだ。

ぼくはサークル会館を出た。

大学から学生マンションの部屋まで一キロを自転車で走った。梅雨の朝陽《あさひ》はまだ昇らない。昇ったところでどうなるものでもない。田辺と吏子を失って以来、ぼくの世界はずっとモノクロだ。でもそういう視界でかまわない。お洒落《しゃれ》だし、恰好《かっこう》いいし、ハートがねじくれているのは二十歳の大学生にとってなかなか悪くないファッションだ。悲しみや憎しみは誇れる。

「もう半年かよ」

暗い空に思わず呟いた。

半年前、ぼくは三角関係のもつれから親友と人生最初の恋人を同時に喪失した。

つまり親友に恋人を寝取られた。

そのけじめとして田辺と吏子は漫研だけでなく大学までもやめてしまった。ぼくが彼らに退学を促したのだ。サークルの全員に事情を説明してふたりの居場所をなくし、学生課にはふたりが構内の多目的トイレでしていたことを通報し、田辺が借りているアパートの大家には同棲《どうせい》禁止の規約に違反している迷惑な店子《たなこ》がいると告げ、彼らの両親には手紙を書いた。ぼくは執拗《しつよう》にふたりを孤立させた。

本当は田辺を一発殴れば済む話だった。

でも半年前のぼくにはそれができなかった。

田辺と吏子の愛情は本物だった。ふたりの絆《きずな》は強固だった。ふたりはぼくの復讐《ふくしゅう》をすべて静かに受け止めた。復讐を復讐で返されることをぼくは恐れていた。名誉毀損で警察に突き出されてしまう場面まで妄想してしまい震えていた。でもふたりはそんなこともせず、最後までぼくの心を気遣いながら姿を消した。

ぼくはまだ人間不信から立ち直れない。

事情を知っている漫研の連中は皆ぼくに優しくて柔和だ。

そして柔和な人間はひとの心のユートピアを信仰している。

内輪でやるという田辺と吏子の結婚式の招待状が、なぜか大学の漫研気付でぼくに届いた。それでお互い水に流そうというわけか、それとも最後の挑戦状か。

皆はぼくに「行って祝福してやれよ」と言った。

でもこればかりはめちゃくちゃだ。田辺と吏子は何度も何度もぼくの心を切り刻んだだけでは飽きたらず、最後は鍋で煮込んで食うつもりか。

あいつらの式に出るなら男とセックスしたほうがましだとぼくは笑った。

そしたら葉月先輩が深夜にぼくを部室に呼び、優しい顔で言った。お望みどおり男のおれが抱いてやるから田辺と吏子の結婚式に出てやれと。

『勇魚、バンザイしてみ』――

自転車が信号につかまった。

未明の薄闇のなかで光る赤を睨《にら》みながら、ぼくは唇を噛《か》んだ。

胸を、首を、先輩の指がまだ這《は》っているような気がした。あんなに優しく素肌を撫でてもらうのは久しぶりだった。

信号の青が滲《にじ》んだ。ぼくは鼻水を啜《すす》る。

寂しい。寂しいからウサギのように寝ながら死にたい。

＊

マンションの部屋に戻ったぼくは、おいしいご飯を炊くことにした。

時刻は午前四時半。スマホをいじって大学界隈《かいわい》のオープンチャットを開いてみたけれど相変わらずの荒れ放題で有益な情報はなかった。新入生が落ち着いてきたこの時期、若者はみんな初夏の湿気で心を病むから陰鬱になる。これから仮面浪人して上位ランクの大学に入り直したい、なんて妄想を抱きはじめるのもこの時期だ。だけどこんな吹《ふ》き溜《だ》まりのような大学に入ってしまった時点で絶望的なレベルの連中なんだから全員もれなく根性無しなのだ、ぼくを含めての話。

それから面倒臭いと思いながらSNSを覗《のぞ》き、暗闇に浮かぶ炊飯器の画像に「午前四時半、いまから美味《うま》い飯で優勝する」と添える。また徹夜しちゃって体内時計がずれてるボクカッコイイデショという痛々しいスタンス。

するといきなりスマホがぶんぶんと唸《うな》った。

朝の四時半から直火炊《じかびだ》きのぼくも変だけど、こんなに時間に電話をかけてくる奴《やつ》も変だ。

胸をよぎったのは身内の不幸だ。出産予定日間近の母さんの顔が浮かんで心臓がどきんと跳ねる。

黒背景に【まな】の二文字が光っていた。

「……おう」

『どうもどうも、あたしっす』

北九州《きたきゅうしゅう》の実家に住んでいる双子の妹、真魚《まな》だった。

厭《いや》な予感が当たったかもしれない。声がひきつりそうになる。

けれど真魚の声は低いながらも落ち着いていた。

『こんな時間にごめんんね。いまSNSをみたら勇魚も起きてるみたいだったから』

どうやらこれは悪い報《しら》せではなさそうだ。声の雰囲気でわかる。

「うん、自慢の高性能炊飯器で飯を炊いてた。あんたこそどうした？」

『あたしのポストは見てない？』

「ごめん見てない。アニメ実況とＶＴｕｂｅｒ配信の考察であんたのポストはすぐ流れちゃうんだよ」

言語明瞭意味不明瞭の言い訳だ。

兄妹《きょうだい》の、特に別居している双子の距離感というのはどの程度が正解なのだろう。ときおり悩むが悩んだところで仕方がない。ぼくと真魚の距離は、離れて住んでいるけれど各種ＳＮＳではお約束程度に互いをフォローしているレベルだ。

つまりぼくたちは兄妹というよりも、同級生の距離に近かった。

『あたしいま病院にいるんだ。昨日の夜にあたしとパパとママで夕飯を食べに行ったんだけど、ほら駅ん近くにいつも行く中華屋さんがあったっしょ、実はあそこいきなり閉店して、先月からあたらしく自然派レストランになったんだよ、サラダブッフェが評判でね、で、お店を出たところでママがいきなり産気づいちゃって、で、家に車を置いて出てたから慌ててパパがタクシー呼んで病院に連れていって、あたしはいったん家に戻って入院の荷物を持っていって、いろいろあって――赤ちゃん、さっき、生まれたよお。あたしらの弟だよ勇魚。パパがね、こんな時間じゃ勇魚はまだ寝てるだろうから明日の朝に電話してやろうって言ってたの。リアタイで実況報告できなくてごめんね。あとで動画シェアする』

「母さんは？　大丈夫？」

『母子ともに元気！』

あ、よかった。

ぼくは小学生のような声で呟いた。

「あんたの話がいつものようにグダグダすぎるから何処《どこ》に着地するか不安だったけど、それならよかった。ほんとよかった」

『高齢出産だからいろいろと不安材料はあったけど済んでみればオールクリアー、あっぱれなもんだったって先生も言ってた。あたしも立ち会いたかったんだけど家と往復したりバタバタしちゃって、夜の運転って怖いよね。最悪。あたし今夜だけでウインカーとワイパーを五回間違えた。どうして免許とれたんだろ』

真魚の話はすぐに逸《そ》れる。

でもぼくはこのふわふわしたお喋《しゃべ》りを聞くのが嫌いではなかった。いちいち面白いからだ。ぽんぽんと話題が飛びながらも最後はきっちり元の位置に戻ってくるのも不思議だ。

真魚には創作の才能があるのだ。

『で、勇魚はいつ帰ってくる？　ママが退院したら赤ちゃん爆誕イベントが目白押しなんだけど。大学も少しはサボれるでしょ、っていうか就活やってんの？　あたしはやってないけど』

「ぼくもまだ。ていうか就活のことあんまし考えてない」

ぼくは曖昧に返事した。

前回帰省したのが年末年始だったからもうすぐ半年になる。母さんの腹もそんなに目立っていなかった。

妊娠を聞かされてぼくは仰天したけれど、実はそのときの感情はほとんど覚えていない。ああうちの両親は今でも普通にセックスしてるんだなあ、えぐいなあ、と、他人事《ひとごと》のように感じたきりだった。

あのときは田辺と吏子を憎むばかりで、世の中のことすべてがどうでもよかった。

『二十も年の離れた弟だもんね、実感わかないよね。実家暮らしのあたしでさえまだピンときてないし。でもパパは喜んでるよ、両親が高齢だと天才が生まれるんだってジッちゃんも言ってた。なおソースは不明』

真魚の声が弾んでいる。電話で真魚の声を聞くと、テープレコーダー越しに自分の声を聞いているようでこっちの感情も同調する。

『あたしねえ、赤ちゃんの可愛《かわい》さは命の奇跡だと思うんよ』

すでにこんなテンションだ。弟ができてこんな調子じゃ、いつか自分の子どもができたらとろとろにとろけてしまうに違いない。

「真魚。ぼく今日の昼にそっち帰るわ」

『いいの？　大学はともかく、バイトは？』

「どうにでもなる。とにかく午後の新幹線に乗るから」

『わかった。小倉《こくら》についたら電話してね。ところで勇魚は無事なの？』

「何が」

『なんでこんな時間にご飯を炊いてるの？』

「……米、食べたくなったから」

『あぶないよ、それあぶない。わかってんの？　ねえメンタル無事？』

半年前、ぼくが失恋の傷心を抱えて帰郷したとき、真魚はとてもぼくを気遣ってくれた。勇魚は人生をサボってしばらく実家で遊び暮らせばいい、あたしも一緒に遊んであげるから、と。ぼくはそれを断るために少々意地の悪い言葉を投げつけてしまった。

真魚はそれ以来ぼくを放ってくれているけれど、やっぱりまだ心配しているらしい。

「心配いらんよ真魚。漫研の部室で先輩の原稿を手伝ってたんだ。それでさっき帰ってきたところだから、寝る前に朝飯を準備しておこうと思っただけ。知ってるだろ、ぼくは一食でも抜くと死んじゃうから」

『それならいいけど。うん、相変わらずの大食いグルメボーイでちょっと安心した。――とにかく帰っておいでね。あたしたちみんなで待ってるから』

真魚は小さな子の嘘《うそ》を見抜いて諭す口調で、優しく言った。

妹のくせに何を言うんだこいつ。腹が立った。腹を立てながら通話を切って、怒りながらまた泣いた。そして床に転がって少しだけ浅く眠った。

ゆるゆると夜が明ける。

そろそろ気分も落ち着いた朝の六時半、今度は父さんがスマホを震わせた。

「産まれたよ。母子ともに無事」「おめでとう、真魚に聞いた。とりあえずそっちに行く予定だから」「母さんにもＬＩＮＥしてやってくれ」と短く言葉を交わした後は、話題も話題だし男同士の照れもあってうまく話せず、午前の講義に出てから新幹線に乗るよと告げて電話を切った。

それから母さんのスマホに宛てて短い文章を打った。あまり趣味ではなかったけれど、母さんが喜ぶので可愛い絵文字まみれにしてやった。

＊

隣の部屋には同じ大学の女の人が住んでいる。

飯田《いいだ》さんはひとつ年上の四年生で、真っ白な肌にそばかすを浮かべた童顔美女で家事の才能がまったくない。

彼女の部屋は、いつも埃《ほこり》と流し台の汚臭が漂っている。

「飯田さん、飯田さん」

朝の七時になったのを見計らい、ぼくは隣の部屋のインターホンを鳴らした。

「……なあに」

飯田さんはサイズの合わない大きなTシャツと短パンというだらしない格好だ。背中に垂らした長い黒髪もぐちゃぐちゃにはねている。

「おはようございます。まだ寝てたんですか」

「まだって、まだ七時だよ。斉藤《さいとう》君の声で目が覚めた」

飯田さんの声は波長が奇妙だ。プロの声優が演じる少女のような、甘くて妙に滑舌の良《い》い響き。お好きな方にはたまらないだろうし、苦手な方にとってもたまらないだろう。

色素の薄い黒髪に、小さな顔に大きな目。瞳の色は灰色がかった深い色。水彩画のような女のひとだ。

「朝ごはん、食べに来ませんか」

ぼくは廃墟《はいきょ》のような彼女の部屋をなるべく覗かないようにして、誘ってみた。

「いくいく。おなかすいた」

飯田さんは下駄箱《げたばこ》の上に放っていた鍵をつかみ、紐《ひも》の切れかけた汚いサンダルをひっかける。

「その格好でいいんですか？」

ぼくは尋ねた。

「着替えるの面倒だもん」

「無防備だなあ」

ぼくは自室のドアを指さした。

「用意してるから先に食べていいですよ。ぼく、とりあえず飯田さんちの生ゴミを片付けてきますから。今日はゴミの日です」

「斉藤君、いつも悪いねえ」

「いえいえ。飯田さんの部屋でゴキブリと蠅《はえ》が大発生したら、呼び出されるのはぼくなので」

「終わったら鍵をかけてね。無防備は危険でしょ？」

「聞こえてましたか」

でもそういう意味で無防備だと言ったつもりじゃないんだけどな。

飯田さんはぼくの手のひらに部屋の鍵を投げた。奇妙な人形がニヤニヤしている不気味なキーホルダーはハイセンスな輸入雑貨なのだろう。正直微妙だ。

ぼくは飯田さんの部屋に入った。シンクに溜《た》まったコンビニの弁当ガラを片付けて、朝っぱらからゴキブリを二匹退治し、狭い部屋全体に風を通す。

なんとなく、この部屋が好きだ。

飯田さんの部屋は退廃的で物が多い。

化粧箱やガラス瓶や雑貨が意味もなく転がっている。まるで砂漠の廃墟。だからといって乾いているわけでもなく、カビの侵食も剝《む》き出《だ》しで放置されている生理用ナプキンのパッケージも生々しい。妹の真魚がだらしない少女だったから、ぼくは若い女性の生々しさに免疫がある。あの独特の酸っぱい臭いにも鼻が馴《な》れている。

ぼくはこの半年間ほとんど笑っていない。けれど、お隣に住んでいる飯田さんのために彼女の好きな甘い卵焼きを焼いているときと、廃墟部屋の生ゴミを片付けているときは不思議と心から笑ってしまうのだった。このときだけぼくは、自分はやっぱり正常に戻っているのではないか、田辺と吏子のこともすべて忘れられたのではないかと確信してしまう。

生ゴミを詰めた袋をふたつマンションの集積所に置いて、やっと自分の部屋に戻った。

飯田さんは炊飯器を開けようとしているところだった。

「お替わりですか。ぼくがよそいますから座っててください」

彼女から茶碗《ちゃわん》としゃもじを取り上げる。

「卵焼きはどうでしたか」

「美味《お》しい。斉藤君も食べなよ、でないと私が食べちゃうから」

飯田さんの健康と食欲が、現在のぼくの唯一の道楽だ。

独り暮らしで猫を飼っている人間の気分がよくわかる。ぼくは彼女の茶碗と自分の茶碗にご飯を盛り、味噌汁《みそしる》を温めて、飯田さんの向かい側に座った。

茄子《なす》の味噌汁と卵焼き。冷蔵庫に茄子と卵しかないからこんなことになってしまったけれど、量があれば充分だ。これで冷蔵庫も空になったし、帰省するにはちょうどいい。

「そうだ。あのね斉藤君きいて」

飯田さんは小さな女の子のように顔を上げ、テーブル越しにぼくの顔を覗き込んだ。

「私、就職が決まったの。バイト先から誘われましたっていう黄金パターンなんだけどね」

「それはおめでとうございます。バイト先って、雑貨屋カフェ？」

「雑誌や動画で紹介されて有名になったから、店舗を移転して規模を広げるんですって。だから有能な社員が必要だと口説かれちゃった」

飯田さんは小さな雑貨屋兼カフェの店番バイトをしている。

ぼくも知っている店だ。吏子と一緒に何度も行った。ヨーロッパの片田舎をイメージした洋館風の店構えに高価な輸入雑貨、よく言えばハイセンス、悪く言えば狭い店内にゴチャゴチャした微妙なディスプレイ、併設カフェの茶菓メニューは極彩色の愛らしい食器で供される。

そういう雰囲気すべてが元カノ吏子の大好物だった。

吏子はこまごまとした輸入雑貨をよく集めていた。小さなガラス瓶、陶器、万年筆、真鍮《しんちゅう》のペンケース、動物の形をしたクリップ、帆布のトートバッグ……。そしてぼくは塾講師のバイトで稼いだ給料をかき集めては、愛する吏子にねだられるまま高級雑貨やハンドメイドのアクセサリーを貢ぎまくっていた。まったく健気《けなげ》で泣ける。

もしかしたら吏子は、あの店のレジに立っていた飯田さんを知っているかもしれない。

「急募で口説かれたのなら大学はどうするんですか？」

「このまま退学しちゃってもいいかなって思ったんだけど、お店のオーナーが大学はきちんと優秀な成績を残して卒業して欲しいからできる限り援助するって言ってくれたの。だからお言葉に甘えようと思う。今までどおり海外買い付けにも同行してお手伝いできるし」

「え、通訳できるの？」

「フランス語だけね。言わなかったっけ。父親がフランスのひとだから、今でも本気をだせば幼児程度の会話はできるよ」

「幼児程度の会話ってどんなレベルですか」

「愛嬌《あいきょう》ですべてを乗り切る片言ってこと」

その表情にパリジェンヌのエスプリを探してみる。彼女の肌の白さと薄く浮かんだそばかす、大きな目にはぼくの知らない欧州の風を感じるような気がしないでもない。

就職という言葉は、三年生になって三ヶ月のぼくにはまだ実感が湧かない。

敏感な連中はさくさくと動きはじめているけれど、ぼくの場合は漠然と、ただ漠然と自分だけは大丈夫だろうと感じている。とは言いつつ本棚には一通り解いてみたきり放り出した地方公務員試験の問題集と、第一巻だけ買った司法書士試験のテキストが放置されている。やらなきゃなあとは思うが、まだ慌てる時間じゃない、とも思う。だからといって公務員試験や司法書士試験の対策サークルに入ろうとは思わないし、ましてやお金のかかるスクール通いなんてなおさら気が乗らない。

来年の六月、ぼくはどんなふうに過ごしているんだろう。

イメージしている近未来は、暗黒というよりも、闇色というよりも、それよりはちょっとましな深い群青色の世界だった。夜明けを待つ未明の色だ。なぜだかぼくは公務員試験に受かる気でいる。こういう、何の根拠もないくせにプライドだけ高いのが自分の性格の弱いところだ。

プライドを自覚してふと気づいた。ぼくは今、飯田さんに対してほんのり嫉妬しているのだ。就職が決まった飯田さんに、同じ大学生として嫉妬していた。ははーんバイト上がりの零細店舗社員ですか。まあぼくは公務員の予定ですけどねと対抗したいのだ。

でもこんなこと、今の飯田さんに言っても仕方がないし、言うべきことではなかった。

ぼくは別の話題を探す。

そうだ。

いいことを話そう。

「飯田さん、ぼくにもちょっといい話があります」

彼女の口の端に米粒がついている。ぼくはそれをつまんで自分の口に放った。

「夜中に、実家で弟が生まれたんですよ」

「弟って斉藤君の弟？」

「そう。間違いなく父親も母親も同じ弟なんです。歳《とし》が二十も離れてるから恥ずかしいけど、うちの両親は結婚が早かったから」

飯田さんは大きな灰色の目をぱちくりさせた。そしてぼくは彼女の右目の下に小さな泣きぼくろがあることを発見した。

シンプルに可愛い。

「素敵！　んもう何でもっと早く言わないの、すごいじゃない、すごい、すごい。おめでとう」

何がどう凄《すご》いのか彼女はわかって言っているのだろうか。出産という女体の神秘について凄いと言っているのか、ただ単に、この年齢になって赤ん坊の弟ができてしまった大学生ひとりに向かって凄いことだと褒《ほ》め称《たた》えているのか。

「とにかくすごい、すごいな。ねえ名前はなんていうの？」

「まだついてないですよ。たぶん父親が勝手に候補を考えてるとは思うけど」

「そういえば私、斉藤君の名前も聞いたことなかった」

「えっ」

意外すぎて変な声が漏れた。

ぼくがこのマンションに引っ越してきて半年、たしかに一度もフルネームで自己紹介したことがなかった。

急に背中のあたりがこそばゆい。

ぼくは箸を置き、正座して小さく飯田さんに会釈してみせた。

「ええっと、あの、ぼく、斉藤勇魚といいます」

「斉藤いさな？　どんな字を書くの？」

「勇ましい魚」

「クジラって意味ね。もっと早く教えてくれたらよかったのに、そしたらもっと早くから君のことイサって呼べた。イサの弟くんはどんな名前になるんだろう、イサはハンサムだからきっと弟くんもハンサムだね」

飯田さんはにっこり笑って、ごちそうさまでしたと言った。

イサと呼ばれると、胃の入り口がきゅんと引き締まる。違う、胃じゃなくてもっと躰《からだ》の中心。心臓だ。指先まで熱い血液が巡る。

そうか、こんな気分を味わえるのならもっと早く飯田さんに自己紹介していればよかった。

「今からお皿を洗うでしょ、私も手伝うよ」

飯田さんがテーブルを片づけようと、軽く前傾して両手を伸ばす。

その瞬間、だらしないシャツの広い胸元から白い乳房と深紅色の乳首が見えた。ぼくは唾を飲んだ。エロい。食欲に似て食欲ではないものが内臓の奥から噴出してくる。

頭の中で中国歴代王朝早覚えの歌を唱えながら、ぼくも立ち上がり、飯田さんを引き連れて狭いキッチンで皿を洗いはじめた。

殷周《いんしゅう》東周《とうしゅう》春《しゅん》秋《じゅう》戦国《せんごく》秦《しん》前漢《ぜんかん》新《しん》後《ご》漢魏《かんぎ》蜀呉《しょくご》西晋東晋《せいしんとうしん》、

「何を歌ってるの?」

ぼくの興奮を鎮める呪文ソングなんですよなんて言えるはずもないわけで、暢気《のんき》にハハハと愛想笑いを返してみせた。しかもまったく鎮まってないし。

ぼくが洗剤で洗って、飯田さんが片付ける。

途中、指先を丸めてシャボン玉を作ってやると飯田さんはまた子どものように喜んでくれた。

笑いながら、ふと、飯田さんはぼくの顔を覗き込む。

「ねえねえ、さっき私が就職決まったよって言ったとき、おめでとうございますって言いながら、心の中ではふて腐れてたでしょ？」

見抜かれていた。

鋭い。灰色の瞳でじっくりと観察されていたのだと思ったら再び躰の芯がきゅんとした。

「単純に、ただ、正直に羨ましかっただけです」

「君は来年どうするの？」

「公務員試験、を」

ぼくは小声の早口でぼそぼそと返した。

「きっと大丈夫よ。私が保証する」

飯田さんがそんなことを言って、また笑う。

ぼくも笑う。飯田さんが傍《そば》にいるときだけぼくは笑う。飯田さんと食べるご飯だけがおいしい。飯田さんと眺める景色だけが総天然色。

「イサ、どうしたの？」

「キスしたいです」

「え、あっ、はい、いいよ。いいけど、って何」

こくびを傾《かし》げた表情に疑問符が浮かぶより早く、ぼくは濡《ぬ》れた手で彼女の頭を引き寄せてキスした。

ひゃ、と飯田さんが小さく呻《うめ》いた。

彼女の否定と抵抗が怖くて抱きしめた腕に力が入る。未明の遠い悪夢が脳裏をよぎる。葉月先輩の温かい手が肌に残っている。

衝動に任せて彼女の乳房をまさぐった。飯田さんの唇に舌をねじこんだけれど、彼女は応じてくれない。

「や、やっ、あのね、あの、イサ、待って」

彼女は頭をぶんぶん振ってぼくの唇から逃げ出し、両手でつっぱねた。

「どうして。待たない」

肩を引き寄せようとしてもうまくいかない。

「ぼくのこと、嫌いですか」

「そんなことない。だからちゃんとしてほしいの。ここキッチンだよ。立ったままなんてやだ。その、あの、ぎゅってしてもいいのよ私のこと、私もしてほしいからオッケーです。でも」

飯田さんはぼくの脇に手を伸ばし、「あっち」と指さした。

つんと伸びた人差し指の先にはぼくのベッドがある。

「私は向こうでしたい。バスタオルある？」

「大きめのタオルなら」

「ベッドに敷いていい？　たぶん汚しちゃうから。イサは潔癖だもんね」

「ぼくはそんな激しいことは――あ……」

腰の力が抜けた。

飯田さんはすでにぼくの腕から離れ、ユニットバスの扉にひっかけていたタオルを外しベッドにセットしている。

おそらく、自身の破瓜《はか》に備えているのだ。

「イサ、コンドームもってる？」

「……あります。でも飯田さん、ぼくやっぱり」

「私なら大丈夫」

そこでようやく、飯田さんは幼い顔に戻った。

「私が処女だから萎える？」

「でもこういうのはちゃんと、好きな男と」

「私はイサがいい。明日でも明後日《あさって》でも駄目だよ、今のイサがいい。よし、準備万端！」

飯田さんは、今度は自分から駆け寄ってぼくの胸に飛び込んだ。

「膝が震えてる。イサが最初から最後まで全部教えて」

その言葉で理性が飛んだ。

好き勝手に動いているのはぼくなのに、ぼくのほうが飯田さんに揺られて、飯田さんに運ばれている。飯田さんは全身を桜色に染めて、歯を食いしばり、少し泣き、痛い痛い痛いと三度文句を言ったあとは「大丈夫だから続けて」と力を抜き、じわじわとぼくを迎えてくれた。

用心のために敷いたタオルは汚れなかった。

「ついに肉体関係を結んじゃった。イサとはこうなるような気がしてた」

「どうして、ぼくと？」

とんでもなく情けない言葉を口にしてしまった。

もしかしたらぼくは愛情の告白が欲しかったのかもしれない。

けれど飯田さんは、曖昧に笑うだけだった。

「うまく言えないけど、最初から予感してたの。イサからセックスしようって誘われたら私ぜったい断らないし、私からお願いしちゃうだろうなって」

それは遠回しで卑怯《ひきょう》な告白のようでもあったし、純粋な本心のようにも聞こえる。ぼくは、誰とでも良いから処女を捨てたいと企《たくら》んでいた飯田さんに利用されたのだろうか。

べつに、いいけど。

ぼくだって精神的にはこんな状態だけど、飯田さんに構っていたのは下心抜きだったのかといえばそれは違う。下心はあった。あわよくば狙ってた。やりたかった。

「私、イサを気に入ってるの。たまたま隣に住んで仲良くしてくれたからかもしれないし、私の部屋のゴミ出しをしてくれるからかもしれないし。私ね、就職が決まったから今までと違う自分になりたかった。――これでようやく、私自身の選択と意思で、パパの娘でもママの娘でもない自分自身になれた気がする」

飯田さんは俯《うつぶ》せて、顔だけをぼくに向ける。

「セックスは、痛かったけど大丈夫だったよ。これなら何度でもできる」

「それって期待していいの？」

飯田さんを片腕に乗せて、その重みに自分も憩う。

何時の新幹線に乗って小倉に帰ろうか。

「飯田さん、今日はずっと暇ですか」

「大学にいかなくちゃ。内定の報告をしないと。でも午後からでいい」

ぼくに躰を斜めにして、改めて飯田さんの素肌を眺めた。

東から照らす光にきらきら輝いている。薄く浮かぶそばかすは、ぼくの知らない外国の肌触りがした。さらりとしているのにひっかかる。細かいざらつきが吸い付いてくる。

吏子とは違う。

久しぶりに思い出した吏子の肌触りは一瞬でぼくの心を痛めつけた。深い深呼吸を繰り返して暗い影を追い払う。悪魔払いの儀式のように。

「これから新幹線で帰省するんでしょ？　少し眠ったほうがいいよ、私が起こして駅まで車で送ってあげる」

飯田さんが急に先輩ぶってそんなことを言う。

「ありがとうございます」

それならあと一時間はやれる。

ぼくは寝返りするふりで飯田さんに覆《おお》い被《かぶ》さった。

彼女の耳に思いつく限りの卑《ひ》猥《わい》な言葉を流し込みながら抱きしめる。ぼくの背中を撫でさする飯田さんの指に感情を委ねる。

ぼくはずっと誰かと裸で抱き合いたかったんだ。でも好きかどうかは正直なところわからない。

――2.

大きな病院の中庭の隅、青空のしたで吸う煙草《たばこ》は美味《おい》しいよね。

「ううぅい、真魚《まな》ちゃんはきょおもとっても元気だしいいいいーっ！」

あたしは咥《くわ》え煙草のまま背伸びした。

真夜中に赤ちゃんが生まれて、嬉《うれ》しくて、いったん帰宅したけど眠れなくて、翌日の面会時間になるのを待って爆速でお見舞いに来てしまった。

赤ちゃんの寝顔を思い出したら永遠にニヤけちゃう。

くーっ。古びたベンチに座って両足をばたばた振る。徹夜明けだから気分が高揚してる。元気じゃないけど元気いっぱい、甘美な疲労とストレスは煙草を美味《うま》くする。

やっべ、このまま一箱あけてしまいそう。

と、肺に溜《た》まった煙を吐き出した瞬間、あたしの唇から煙草が消えた。

背後から伸びた手がいきなり煙草と携帯灰皿を取り上げたのだ。さらに箱ごと奪って握りつぶした。

「ふぇ？」

あたしは座ったままの姿勢で、ぐいと頭を逸《そ》らし真上を仰ぐ。

目の前に男の清潔な顔があった。梅雨の青空、眩《まぶ》しい逆光。ベンチの背後からあたしを覗《のぞ》き込《こ》んでいるのは白衣の使徒だ。

うわあああ。あたしは飛び跳ねるように立ち上がって男に向き直った。

「煙草一箱いくらすると思ってんの！」

「当施設内での喫煙は禁止です」

長身。細い躰《からだ》と短くてさっぱりした髪、長い手足とぴりりとした表情。

うっかり見とれてしまったのは珍しかったから。あたしの人生には存在しないタイプの爽快な標準語のアクセント。

胸の顔写真つきＩＤカードは「盛田《もりた》」。

看護師でも検査技師でもない医者の証《あかし》だ。この街の病院にこんな爽やかな若い医者がいたとは驚いた。

あたしは彼を仰いだまま、真っ赤な前髪を振った。

「煙草と灰皿を返して」

背中の毛を逆立てた猫のように、あたしは威嚇しながらも一歩下がる。男に距離を詰められるのは苦手だ。でも盛田は動じない。

「返さない。喫煙はやめなさい、大人ぶった露悪の代償は大きいよ」

「余計なお世話。あたしは充分に大人だし自己責任でやらせてもらってるんで。っていうかあんた医者？　あたしの叔母は6階病棟の長戸理恵《ながとりえ》師長なんだけど？」

それは嘘《うそ》でも誇張でもない、この病院では絶対の免罪符に等しい名前だ。優秀な看護師長は若い医者よりも地位が高いという。知らんけど。

「ああ、長戸師長の」

微《かす》かな声で返した盛田は、あたしの顔をまじまじと見つめると幼い声で「似てねえな」と呟《つぶや》いた。うるさいよバカ。あたしは笑ってしまう。

「ちょっと失礼オブ失礼でしょ。いいから煙草を返して。今すぐ買って返して」

「叔母さんに告げ口してもいいよ、むしろ長戸師長から叱ってもらえればありがたい」

面倒臭いことを言いかけたところで白衣のポケットが低く唸《うな》る。彼はあたしに向かって「失礼」と片手で詫《わ》び、小型の院内スマホを左耳に押し当てた。

「お疲れ様です盛田です、……大丈夫です、今は休憩中なので、あっえと……小田原《おだわら》先生のこと？　いや、俺は何も聞いてなくて……あぁもう了解です、すぐ行きます！」

理不尽な理由で休憩中に呼び出されたらしい。でも直前の会話は覚えていたらしく、

「とにかくそういうことですから禁煙してください。というか、しろ。いいね？」

なんて念押しすると、あたしの小粋なリアクションも待たずに彼は駆け出した。

……何だあれ。

「いいから煙草を買って返せよ泥棒！」

清々《すがすが》しい白衣の背中にあたしは叫ぶ。クソ。まあいいけど。可愛《かわい》い弟が生まれた日だから許してやる。今日はビューチフルデーですものね。

大きく深呼吸して、あたしも病棟に戻る。


病棟のスタッフステーションに無断で入った。

出入り口のドアには『関係者以外の入室を禁じます』と手書きの張り紙があるけれど気にしない。

あたしは清潔な匂いを嗅ぎながら、奥の一角でPCと格闘している美貌の看護師長を呼んだ。

「理恵叔母ちゃんちょっと聞いてよ、あのさあ、さっき中庭で盛田って医者がぁ、ねえ盛田って知ってる？　何科の医者？　煙草をとられたから通報したいんだけどぉ」

彼女が座っているのは病棟師長専用の作業デスク。

理恵叔母ちゃんは宇宙でいちばんかっこいい。

後頭部で固めておだんごにしている髪は、白衣を脱げばふわっと背中を覆う。マッチ棒のような理恵叔母ちゃん。細くて軽やかで、男物の長いシャツと細身のデニム、ハードな革ジャンもよく似合う。いつも洗いざらしの優しい匂いがする理恵叔母ちゃん。

「勝手に入ってこないでね、真魚。叔母ちゃんはいま大事なお仕事をしてるところなの、邪魔しないでちゃんとママを見ててあげなさい。パパのところのお祖父《じい》ちゃんたちがもうすぐお見舞いに来るでしょう？」

「イトコのケンイチも来るからやだ。あいつ嫌い。パパの親戚はみんな弁護士だからあたしと勇魚《いさな》をバカにしてる。あたしだってべつに弁護士になりたくないわけじゃないよ？　でもうちはパパがあたしにも勇魚にも勉強を強制しなかったから普通に育ってこんなふうになっただけだし、パパだっていつまでも本家に縛られて可《か》哀相《わいそう》だと思うし、そもそも弁護士って仕事は、あたし、どうなのかなあって思うのね、」

「真魚ちゃん」

あたしのご機嫌トークを遮って、理恵叔母ちゃんが溜息《ためいき》をつく。気が散って仕方ないのだろう、ボールペンの頭でこめかみを突いている。

「そこにはいいツボがあるよ。あたし揉《も》んであげる」

指を伸ばして彼女の首筋に触れようとしたら、さっくりと遮られた。

「あちらのお祖父さまたちが来たらわたしを呼んでね。お姉ちゃんがお舅《しゅうと》さんから苛《いじ》められないように守らなくちゃならないし、病棟師長としてもご挨拶するから」

「うん。よろぴく」

「広島《ひろしま》の勇魚は来るの？」

「電話したら顔を出すって言ってた。新幹線が小倉《こくら》についたら迎えに行かなくちゃ。ねえ叔母ちゃんこの書類ってエクセルで作ってる？」

「大事な会議の資料だから触らないで」

口調は怒っているが声は疲れている。彼女を困らせているのはもちろんあたしだ。

それでもあたしは、いっこうにかまわない。

というかむしろ、理恵叔母ちゃんが疲れてしまうのがあたしは楽しい。あたしが理恵叔母ちゃんの生気を吸い取っている。繋《つな》がってる気がする。こっちを向いてもらえてる。

「こういう計算式を表でダラーッと……」

「ちょっと真魚、また煙草の臭いがする！」

あ、いい反応いただきました。

叔母ちゃんはいつも、あたしへの苛立《いらだ》ちがピークに達するとポーンと頭を小突いてくれるのだった。

いわく、どうして髪を赤く染めたのか。

いわく、躰が弱いんだから煙草はぜったいにやめなさい。

いわく、もっと太りなさい。

オンナノコノクセニー、オンナノコナンダカラー。

これはすべて理恵叔母ちゃんの愛情表現なのだ。

あたしは幼い頃から兄の勇魚とは正反対の虚弱体質で、すぐにころころと倒れる困った美少女だった。

六歳の夏、ふらふら遊んでいる最中いきなり過呼吸になった。応急手当をしてくれたのは理恵叔母ちゃんだ。この子は貧血だからといって鉄分たっぷりの料理レシピをママに伝授してくれたのも、あたしの体質に合うサプリを食べさせてくれたのも、みんなこのひとだった。

だからあたしは、自分のママよりもその妹である理恵叔母ちゃんに懐いている。

「早く出て行きなさい。警備員を呼ぶよ」

「だって会いたいんだもん」

あたしは理恵叔母ちゃんの美しい頬をさらりと撫《な》でた。今度は成功。んん、と彼女が微かな甘い声を漏らすからあたしも躰の芯が熱くなる。

胸がどきどきしていた。この熱を他人に知られたら全部が終わると知っていたけれど、そのぎりぎりで困らせたい。秘密の恋の衝動を抑えきれない。

「ねえ理恵叔母ちゃん」

好き。大好き。あたしが彼女の手をつかもうとしたら作業台のスマホが鳴った。病院スタッフが肌身離さず持ち歩いている院内用のスマホだ。中庭で盛田も持ってた。

「後でね。真魚」

理恵叔母ちゃんがあたしを追い払う。その「後で」はいつだろう。あたしは急に冷静になって、無言で立ち去った。

スタッフステーションを出る間際、若い看護師たちの声が聞こえた。

「あの電話って小田原先生でしょ。公認カップルになって以来小田原先生と長戸師長ったらオープンすぎ」

「ていうか結婚するって昨日院長に報告したんだって。小田原先生のお子さんも再婚に大賛成らしい、院長秘書が情報を漏らして今朝から拡散されてるよ」

へえ。

なにそれ。

細長く深呼吸しながらトイレに寄って気を静め、ママの病室に戻った。

スライド扉をゆっくり開けて中に入ると、ママが赤ちゃんを抱いて母乳をやっている。

ママのおっぱいは全力で漲《みなぎ》って気味が悪いほど若々しく、あたしは顔を背けた。

「あら失礼、若い娘さんには刺激的すぎたかな」

いきなりあたしをからかって笑う。ママの笑顔は理恵叔母ちゃんとそっくりだ。

「ねえ、理恵叔母ちゃんってもうすぐ結婚するの？」

「本人に聞いた？」

「……うん、まあ、さっきそれとなく」

「相手はお医者さんですって。早くに奥さんを亡くしてからひとりで小学生の娘さんを育ててらして、ご立派な方だそうよ。こっちが落ち着いたら挨拶がてら家にも呼んでくれるって」

ママは一晩で少しやつれた。でも痩せて縮んで若返った。

その胸に揺られている赤ちゃんは脱皮したての透明なセミのようだ。あたしは清潔な不織布マスクをつけ、両手の皮が剝《む》けるほど念入りに消毒して、近づいて、赤ちゃんの手に触れた。

こんなにこんなに小さいのに、手が動いている。蠢《うごめ》いている。足も動いている。鼻も目も付いてる。肌の全体が薄桃色の膜に包まれてるみたい。

虫だこれは。もしくは巧妙につくられたふわふわの人形。

「勇魚に電話したよ。今日、帰省するって」

「そういえばママにもＬＩＮＥがきてた。気を遣わせちゃって悪いよねえ、お兄ちゃんは真魚ちゃんと違って真面目な学生だから、大学やアルバイトをサボらせたくないなあ」

「ママ、あたしも真面目に日々がんばって学生をやっております」

赤ちゃんの頭は柔らかい。

全部が人間のようで人間じゃないんだな、この生物は。まさに地球の神秘、ほ乳類の魅惑。

「何度見ても、可愛い」

赤ちゃんサイコォォォォ。

「ねえママ、何か足りないものはある？　勇魚を小倉駅まで迎えに行かなくちゃだし、あたしそろそろ家に帰るから」

「帰るの？　本家のお祖父ちゃんたちがお見舞いに来るのに」

「ケンイチがいるからやだよ、あいつ九大法学部の話ばっかりじゃん。あたしはあいつ嫌いなの、九大九大って、九大法学部が何なんだよって話だよ。勇魚だって高三の夏には京大の判定Bをとったよね」

「真魚ちゃん、その話は禁止」

「……まあ、あれが勇魚の短い全盛期だったわけだけど」

あたしの自慢の双子の兄、勇魚は高校三年生の夏に人生のピークを迎えてしまった。他の連中がきっちりと翌年一月に照準を合わせているところでひとり飛び出したのだ。そして夏休みが終わる頃にひっそりと燃え尽き、志望校を変更した。それでも勇魚が選んだのは、あたしの成績じゃ逆立ちしても届かない偏差値の大学だ。

パパはあたしたち双子に「僕は親に強制されて司法試験を受けた。似たような人間もたくさん見てきた。だから自分の子には期待はしても強制はしない」のだと言ってくれた。だから勇魚は好き勝手にやってるし、あたしはいつまでも劣等生だ。そしてパパは、本家一族の中では子どもを上手に育てられなかった男として肩身の狭い思いをしている。たしかに勇魚は高校まではパパと同じ弁護士を目指していた。でも、自分に適性がないと思い知った瞬間にするっと諦めた。

勇魚はそういう大事な決断を、誰にも相談せずにこなしてしまう。

志望校を変えたことも、法学部ではなく経済学部に入ったことも、広島に移り住むとも向こうの部屋のことも何もかも、学費のこと以外はすべて勝手に決めた。頭がいいから両親と対決できるのだ。親子喧嘩《げんか》の勝算があるから気ままに生きていられるのだ。親に叛逆《はんぎゃく》できるのは確固たる自由の信念があるからだ。はるか紀元前の昔にルビコン川を越えると決めたカエサルみたいなことを、あたしの兄貴は平気でしでかす。

「とにかく、帰るから。イヤミ一族が帰った頃に勇魚を連れて戻ってくるよ。連絡がついたら仕事帰りのパパも拾えるかもしんない」

「それなら真魚ちゃん、お家《うち》に帰ったらお掃除を頼んでいい？　まさか昨日あのまま入院しちゃうことになるなんて思ってなかったから。冷蔵庫の中身も適当に使って上手にお料理してね」

「勇魚に頼んでみる」

赤ちゃんはいつの間にかママの胸で眠っていた。

人間って、無事に生まれてきた瞬間で人生の幸運の半分以上を使い果たすのだと思う。絶頂からはじまった人生は、誰も彼も、あとは転がりおちるだけだ。

病院の駐車場に向かう途中で、見知った連中を乗せたタクシーとすれ違った。本家のイヤミな御一行様だ。うへーニアミス。危ないところだった。連中はあと十分もすればママの病室に詰めかけて、この子こそは弁護士にしろとわめき立てるのだろう。病棟師長の理恵叔母ちゃんに締め上げられてしまえ。あたしには関係のないことだから気が楽だ。

駐車場に停《と》めた中古のアクアに乗って、ハンドルに両手をかけて直進で進みながら、信号停車でふと煙草が欲しくなって思い出した。そうだ。盛田に奪われたんだった。クソ。

複雑な道をすり抜けてようやく我が家に辿《たど》り着《つ》く。十五年前に建てた無駄に広い一軒家。まだまだローンが残っているはずだけど、たぶんパパと勇魚が何とかするだろう。二台分の広い駐車スペースで悪戦苦闘しながら車を押し込める。

玄関のドアを開けて、もわっとした空気を吸った。

昨日の夜、パパがママを病院に運び、あたしは一度家に戻った。ママがあらかじめ準備していたという入院セットのキャリーが見つからずに慌てて家捜しをしたのだ。そのときのまま、絶望的に散らかっている。

時計を見ると午後三時だった。

勇魚はもう新幹線だろうか。現況を報告させるためにこちらから連絡してみようかと考えたけれど、束縛しすぎかなと思ってやめる。

ん、今夜は鉄板焼きにしよう。

その前にあたしは、冷凍ピラフをチンして食べる。そして勇魚から連絡があるまで少しの間、仮眠する。部屋の片付けは勇魚にしてもらおう。あたしが一時間かかる片付けを勇魚なら三分で仕上げるからタイパがいい。勇魚は整理整頓が趣味なのだ、というか妹であるあたしが彼をそういう男にしてしまった。

鼻歌まじりに冷凍庫を開けたところで、玄関のチャイムが鳴った。

「あーいー」

あたしは窓辺に駆け寄って、来客に直接こたえる。

暢気《のんき》に立っているのはお隣さんだった。

「おれだけど」

友達歴十五年になる幼《おさな》馴染《じみ》の市原《いちはら》だ。

実に、幼稚園から大学までずっと一緒の腐れ縁。勇魚はお受験に成功して小学校から私立に通っていたから、ひょっとするとあたしは勇魚よりもこの市原と過ごした時間のほうが長いかもしれない。

相変わらずのチャラい金髪で浅黒くて大きくて肌の露出度が高い。まだ六月だというのにもう半袖のシャツを着てビーチサンダルを履いている。

窓から顔を出しているあたしに気づいて、市原はちょこまかと大きな手を振った。

「おはよ真魚姫」

「おはよイッチー。あんた大学は？」

「寝坊したからもう行かない。サークルの飲み会だから夕方から出てくけど」

「まだあの蹴鞠《けまり》サークルやってるの？」

「蹴鞠って言うなフットサルだ。真魚も来ればいいのに、おまえのような常軌を逸した超絶美人なら常時募集中だよ」

「ルッキズムきもいです。乱交サークルのくせに醜いクソブタ野郎どもめ」

「真魚ちゃん、お姫様が女王様の台詞《せりふ》を言ってはいけませんよ」

市原は体育会系の余裕でゆったりと笑い、あたしをたしなめた。

幼い頃のあたしは、虚弱で美しく可憐《かれん》すぎるから勇魚とセットで見せ物にされていた。そんなあたしのか弱い時代から市原は傍《そば》にいる。最初は本気であたしを異国のお姫様だと信じ切っていたらしい。その程度の勘違いは、あたしの周囲ならよくある話だ。

「昨日の夜は大変だったみたいだけど、無事に赤ちゃん産まれた？」

「産まれた。動画を見せてあげようか？　玄関あいてるから入っておいでよ」

あたしは顎で玄関のドアをしゃくってみせた。

「うちの母ちゃんが心配してるんだ。おれに隣の様子を窺《うかが》ってこいってうるさくてさあ、ちょっとこっちに来て報告してやってくれる？」

「ちょうどよかった。挨拶しに行こうと思ってたの。待ってて」

あたしは息を吐くようにさらさらと社交辞令の嘘をついた。

でも悪意のある嘘ではない。あたしはこういう小さな善意の嘘をつくのが癖になっている。これは頭の悪いあたしが誰も傷つけないように生きていくための生活の知恵だ。

あたしは玄関にまわってサンダルを履き、外に出た。

背の高い市原が、初夏の日射《ひざ》しを背に受けて潑剌《はつらつ》と立っている。いつも思うんだけど、この男は何かが過剰だ。それがいったい何なのかはわからないけれど、常に何かが漲って堪えきれず溢《あふ》れてる。

隣に立つだけで肉食獣の体温を感じる。

「ほんっと暑苦しい奴《やつ》だよね」

小さく笑いあい、ブロック塀で仕切っただけの隣家を訪ねた。

市原のおばさんが玄関に転がり出てきて、いきなりあたしの両手をつかんだ。

「真魚ちゃん、産まれたの？　ねえ産まれたの？」

「はい、おかげさまで無事に出てきました。弟も母も無事です」

「ああんおめでとお。退院は来週になるでしょう？　お手伝いできることがあれば何でも言ってね」

「こちらこそ気を遣わせちゃってすみません、ありがとうございます」

あたしのママとも理恵叔母ちゃんとも違う。市原の母親は年相応だ。小柄で丸くて声が大きくて、ごろごろと喉を鳴らして笑う。

市原のところは母子家庭だ。

彼は自分の父親の顔を知らない。おばさんは市原が胎内にいた頃に離婚したという。その後は祖父母の代から引き継いだ小さな会社を経営しているというけれど、何の商売なのかは知らない。

今日は平日だけど、仕事は休みらしい。休日が不定期であることも、彼女の七不思議のひとつだ。七不思議のふたつめはもちろん、いくら商売をしているとはいえバツイチママがぽーんと住宅街のど真ん中に中古の一戸建てを買い、息子と楽しく暮らしていること。これについては、たぶん元旦那と離婚するときに慰謝料と養育費を一括でせしめて頭金に充てたんだろうと勇魚は言っていた。勇魚はそういう社会のからくりをよく知っている、さすが高三の途中で燃え尽きるまで弁護士を目指していただけのことはある。

「真魚ちゃんお腹《なか》すいてるでしょう、よかったら何か作るけど食べていかない？」

「いただきます！」

　実はこれを期待していた。

　あたしは市原に続いてサンダルを脱ぎ、勝手知ったる調子で居間にあがるといつもの席にちょこんと座り、そこでおばさんご自慢の焼きそばを食べた。あたしは子どもの頃から物を食べるのが苦手だけれど、市原と並んで食べるこの焼きそばだけは特別だ。

「急なお産だったから大変だったんじゃないの？　パパさんもお仕事が忙しいでしょうし」

「勇魚は帰ってくるんか？」

　おばさんの声を遮って市原があたしに訊《き》く。

「うん。たぶん今頃は新幹線」

「勇魚君だって慌てて帰ってくるよね。こないだ会ったのが年末年始かあ、あんたたち三人で写真を撮ってたでしょ」

　おばさんが麦茶を注いでくれる。その冷たさに、コップがあっという間に大汗をかいた。あたしは安いガラスコップの花柄を眺める。

　おばさんの指先が何かを言いあぐねている。

「その、……心配してたんだけど、勇魚君のこと。あれからどう？」

市原の視線も動いた。

母親の言葉を咎《とが》めないということは、彼自身も興味を持っているのだろう。

「あれからって、ずっと普通ですよ。あたしたちしょっちゅう電話もしてるし、ネットでも絡んでるし」

「でも元気がないようだったから。子どもの頃の勇魚君と目つきも違っていたし、その、ね。今は国がこういう不安な時代でしょう、こんなときに怖いカルト宗教や変なビジネスにはまっちゃう子は生真面目な高学歴が多いってテレビで言ってたから」

いきなり何を言いだすかと思えば。

あたしはなるべく平静を装う。口の動きを止めないでゆったりとした呼吸を意識する。でなきゃ怒りで肩が震えてしまいそうだ。

「あいつに限ってそんなものに嵌《は》まったりはしないと思いますよ。校舎内に教会があるような学校に十二年間も通ってたぐらいだし」

「そういうことではなくて、ううん、なんて言えば良いのかなァ」

「じゃ話しますけど、あのときあいつ、彼女に振られた直後だったんです。男子校育ちで大学に入って初めての彼女だったから、もう死にたいってあたしの前で延々泣いてたし。でもたかが失恋だし、半年たったからいい加減落ち着いてると思う。もう次の彼女もいるだろうし」

あたしがうんざりした口調で淡々と話すと、ようやく市原とおばさんの視線は和らいだ。

「とにかく勇魚はもう大丈夫ですから」

これもまた、実は嘘だった。

あたしは勇魚がまだ大丈夫ではないことを知っている。今日の午前四時半、勇魚は広島のマンションでご飯を炊いていたという。

気味が悪かった。

背筋が凍った。

勇魚はまだ何処《どこ》かに心を置き去りにしたままなんだ。まだ何も治ってない。注意深く手を握ってやったあたしに「田辺《たなべ》と吏子《りこ》を殺す、ぶっ殺してやる」と呻《うめ》きつづけた勇魚のまま、広島はまったく彼を癒《いや》していない。

「あら」

おばさんが呟いた。

「スマホが鳴ってる。真魚ちゃんじゃない？」

市原も耳をすませた。

「ほんとだ。おまえ、家にスマホを置きっぱなし」

「やば。きっと勇魚からだ、ごちそうさまでした！」

あたしは慌てて箸を置くと、勢いで挨拶して玄関から飛び出した。

あたしの背中に市原が何か叫んでいる。んでもしばらくはあんたたち母子と口をききたくない。どいつもこいつも、あたしの勇魚のことを何もわかってない。

電話の呼び出し音は、根気強くあたしを待ってくれていた。

「もしもし！」

『真魚？　ぼく』

随分と遠いところから声がする。

「勇魚いまどこ？　小倉についた？」

『いや。広島』

「どうしたん」

『うん、あのさ、ちょっと今日は帰れない。大学の……明日までのレポート、まるっと忘れてた。一応、漫研の先輩に去年のファイルをもらったから、コピペで乗り切ろうと思うんだけど』

「あは。高学歴のエリート様々のくせにレポートのコピペなんてやることがえげつないね」

『高学歴？　誰のこと言ってるんだよ、もしかして厭味《いやみ》かそれ』

「いやこっちの話。いいよ、ママも勇魚が大学やらバイトやら頑張ってくれたらそれが一番らしいし、無理して調整することないって。どうせ夏休みに入ったら帰省するでしょ？」

『うん。とにかく今日はごめん』

わかってる。勇魚は嘘をついている。

レポート云々《うんぬん》で帰れなくなったというのは、きっと大嘘だ。

矛盾を指摘して問《と》い質《ただ》す言葉なら、いくらでもある。あたしは自分自身が嘘つきだから人の嘘は見逃さない。

でもあたしは、勇魚の嘘を追及してはいけない気がした。見逃すべきだと思った。それはあたしの愛情の証であり、兄への忠誠心だ。

『帰省するのは、やっぱり、夏休みに入ってからになるかも。八月の、盆くらい』

「うん。帰れるようになったらまた連絡してよ、その頃にはこっちも落ち着いてると思うし」

あたしはあえて笑ってみた。あっけらかんと、鈍くさく、そしてからりとした声で事務的に応じた。

電話の背後に他人の気配がする。

——女だ。

間違いない。女がいる。

誰かが勇魚の腕をつかんで帰らないでと言った。勇魚は肉親よりもその細い腕を選んだ。そういうことだろう。

全身から力が抜けた。あのばか、広島で何やってるんだか。

あたしは自分の部屋に戻ってベッドに倒れ込み、汗をかきながら眠った。

蒸し暑さにふと目を醒《さ》ますと、すぐ傍に市原がいた。なぜかあたしの部屋の床に座って、勇魚が置いていった古いジャンプを読んでいる。

「よう」

「……え？」

「おれの部屋の窓から、おまえが眠ってるのが見えたんだ。ぴくりとも動かないから死んでるのかと思って。玄関あいてたぞ、物騒だな」

「生きててすみません」

あたしはかすれた声で軽口を返し、汗で湿った赤い髪をかきまぜた。

「おまえ駅に勇魚を迎えに行くんじゃなかった？」

「ああ。やっぱり来るのやめたって」

「ふうん」

どういう意味の、ふうん、だろう。

市原はいつものように勇魚を良く思っていない。口を挟めば少々面倒な言い合いになってしまいそうな気がしてあたしは聞こえないふりをする。

市原の手から本を取り上げようとしたとき、またしてもぴいぴいとスマホの着信音が響く。

「あ、スマホ一階だ」

あたしは立ち上がろうとした、正確には、立ち上がる途中で挫折した。目眩《めまい》がした。

「おっ、久しぶりの貧血か。ライブで遭遇したのは久しぶり！」

あっという間にあたしを片手で抱き留め、やけに嬉しそうに市原が笑う。

「笑うなよばか」

目の裏いっぱいに星が飛ぶ。白い闇に光が跳ねて宇宙がぐるぐる回転する。天地が逆転して吐きたくなる。死にそうだ、いつも思う、死んでしまいそうだと。

「ここ座ってろよ。おれが持ってきてやるから」

あたしが市原の家に詳しいように、市原もあたしの家に詳しい。部屋を飛び出してあっという間に階段を駆け下りていった。

最悪だ。

大学に入ってからは随分と楽になっていたのに、こういう生まれつきの貧弱というのは完治しないのだ。ビタミン剤も漢方もロイヤルゼリーもピラティスも無駄だった。

「疲労と心労だ」

真夜中に弟を産んだママのせい。

あたしに心配ばかりかけている勇魚のせい。

ああ、やる気なくしちゃう。もういちど、とことん、何も考えずに眠りたい。泥になりたい。頭が重い。そうだ、市原に煙草を買ってきてって頼まないと。

――3.

飯田《いいだ》さんは鳩《はと》が嫌いなくせに平和公園《へいわこうえん》が好きだという。

修学旅行の小学生たちが目の前を横断する。不思議な関東の訛《なま》りが聞こえてきた。標準語のようで、そうでもないような。

たぶん東京《とうきょう》の近所、千葉《ちば》や埼玉《さいたま》といったところを連想した。

彼らの目には、ぼくと飯田さんは平日の真っ昼間からベンチでイチャイチャしている自堕落な学生カップルに映るらしい。呆《あき》れ顔《がお》で一瞥《いちべつ》をくれた後、何も見なかったかのようにまた社会見学に戻ってゆく。

「イサは修学旅行、どこだった？」

「中学は北海道《ほっかいどう》一周。高校はオーストラリア」

「豪勢ね」

「私立の坊ちゃん学校だったから」

「賢いのね」

「子どもの頃だけですよ。成績のピークは高三の夏だったけど、そこから一気に転がり落ちてこの有様《ありさま》」

ぼくたちが餌を持っていないことを悟り、鳩の群れはいつの間にか離れていってしまった。

「私は、中学の修学旅行は関西で高校は韓国」

「韓国は楽しかったですか？」

「焼肉がおいしかったようだけど、あとは覚えてないらしいのよね」

投げやりな口調だ。飯田さんはときどきこんなふうに自分のことを他人のことのように三人称の目線で話す。この癖はさっきまでの濃密な時間に気づいた。

「イサ、ごめんね。わがまま言っちゃった」

――『行っちゃやだ。離れるの、いや』

二時間前、広島《ひろしま》駅で飯田さんはそう言っていきなり泣き出したのだ。

ぼくはびっくりした。彼女の肩をさすって宥《なだ》めているうちに、どうしてこんなことになったのだろうと冷静に悩んだ。恋人というわけでもないし、でも親しい仲の隣人だし、好きかどうかもわからないし、でも欲求不満の衝動でうっかり抱いた。だからといって、どうしてこんなふうに泣かれてしまうのか、いったいどういうことなのか。どうやらぼくは、やばくて激重で面倒な地雷女に引っかかったらしい。だから彼女が処女だと知った時点で撤退すべきだったんだ。

結局、新幹線に乗るのはやめた。

そして再び飯田さんの車に乗り、ふらふらと漂ってここに至る。

「ぼくのことはもういいですよ。実家の妹にも連絡したし」

「新幹線のチケットを無駄にしちゃったね」

「乗車券を買う前だったからセーフです。そもそも帰省の交通費は父親に渡されてる家族カードを使うから懐も痛まないし」

ぼくが正直に答えると飯田さんは微笑《ほほえ》んだ。帰省の交通費まで親に頼っている情けない下級生だと思われてしまっただろうか。これには事情があって、吏子《りこ》とつきあっていた頃のぼくがひたすら金欠を理由に帰省をしぶっていたから父親がクレジットカードを持たせてくれたのだ。

「きっとご家族は怒ってらっしゃるでしょうね。なんて言い訳したの？」

「レポートがどうのこうのって。ばれてるかもしれないけど」

「ごめんなさい。困らせるつもりじゃなかったの」

「誰だって急にわあっとなっちゃうことってありますから。なんというか、ぼくも悪かったと思う」

またしてもぼくは少々意味不明なことを言っている。

飯田さんはたしかにちょっと奇妙なひとだった。父親がフランス人だと聞かされてからは、なるほどそういうものなのかなと納得しかけている部分もあるけれど、その部分を引き算してもなお、どことなく存在が浮遊している。それは漫研に集うオタク女たちのような、あえてアウトローを楽しむといった青春病の演技ではない。

「パパを見送るとき、いつも駅だったの。だからいやなこと思い出しちゃった。ごめんなさい」

顔を見合わせる。

「飯田さん、両親は？」

「ママは東京で会社経営をがんばってる。パパはママと私に飽きて国に帰っちゃった。私がいけなかったのだと思う。ふたりが望んでるような子じゃなかったから、家族がばらばらになっちゃった」

言葉とは裏腹に、飯田さんの表情はなぜか明るい。

「私ね、赤ん坊から高一の途中くらいまで芸能人だった。エッチなグラビアがメインだったけど、声優やら地下アイドルやら、本当は女優志望でドラマや映画のオーディションを受けまくったけどそれは全滅。今は無期限休養中で事実上は引退してる」

この美貌ならありえる。

だけど残念ながらぼくは飯田さんをテレビや雑誌で見た記憶がない。いきなりあらわれていきなり消えていく、そんな数多くの少女たちのひとりがたまたま飯田さんだったということか。

嘘《うそ》かもしれない。

でも今の論点はそこではない。

「パパとママは私を女優さんにしたかったんだって。中学に入ったあたりからはアイドル活動をさせられて、少年誌のグラビアや写真集で卑《ひ》猥《わい》な恰好《かっこう》ばかり撮られるようになってきて、私、やりたくないって言っちゃった。握手会も最悪だったし、猥褻《わいせつ》なプレゼントを送りつけられたり」

飯田さんの手が所在なげに膝の上で動いている。

「もしかして私の話、嘘だと思ってる？」

「ええ、まあ」

「正直者だね」

「よく言われます」

ぼくは彼女の指先を握り、さすった。

こんなふうにゆっくりとひとの手を握るのは久しぶりだった。

「さっきはイサに行っちゃやだって言ったけど、パパには一度も言えなかった。言えなかったからパパは行ったきりになっちゃった。でも言えた。イサには言えた」

「言ってくれてよかったです。たしかにぼくはちょっと困ったけど、そういう事情なら飯田さん的にも言えてよかったでしょ。だからぼくは今ここにいるわけで」

　飯田さんが、すん、と息を呑《の》んだ。

　そしてまっすぐにぼくを見た。目を逸《そ》らしちゃいけない気がしてぼくも飯田さんを見つめ返す。飯田さんはこくんと頷《うなず》いた。

「そうだね。私、もう処女じゃないから。大人になったから、ちゃんと、自分のわがままを言うの。言うことにしたの。イサには言えたの、特別な仲のひとだから」

　最後の一言でようやく、飯田さんは復調の兆しを見せた。

　彼女が芸能人だったという話に証拠はない。それは今どうでもいいし、正直なところ興味はない。けれど眺めれば眺めるほど、触れれば触れるほど飯田さんの中身が透けてくる。

　吏子とつきあいだしたときとはまるで違う。

　入学式で知り合ってぎこちなく会話をして、自己紹介をして、新歓コンパで隣に座って趣味の話をして、同じサークルに入って運命を感じて「好きです」「つきあってくださ い」と頼み込んでキスして、吏子とはそうしてはじまった。吏子とつきあいたくてつきあいたくて、一生懸命に頑張った。

　飯田さんを好きになったら、またしてもぼくは一生懸命に頑張るのだろうか。

　いったい何をどうやって？

すでに最後の難関をあっけなく突破した関係なのに。

「飯田さん、大学に行きましょう。就職の報告に行くんでしょ？　ぼくも部室に顔を出したいし。それで、用事が済んだら晩飯を食べに行きましょう。韓国料理屋の焼肉。漫研の先輩の実家だから安くしてくれるんです。それで飯田さんの内定祝いをして、少し飲んで」

「それからセックスする？」

機嫌をよくした飯田さんが可愛《かわい》い声で囁《ささや》きかける。

「今朝したばかりですよ」

「でも夜もしよう。ね、しよう。私ラブホテルに行く！」

飯田さんは勢いよく立ち上がった。

川向こうで鳩が舞い飛ぶ。飯田さんは子どものようにぽかんと口を開け、湿った曇り空を眺めた。

「イサはラブホテル、行ったことある？」

「うん。……ええと、元カノと」

「あ、そうなんだ」

それ以上のことを飯田さんは尋ねない。ぼくに昔の女がいてもたいして気にならないようだ。それはやはり彼女もぼくに恋をしていないということなのだろう。

飯田さんは、吏子のことも田辺《たなべ》のことも知らない。

半年前、田辺と吏子に裏切られたあとでぼくは今のマンションに引っ越した。心機一転のつもりだった。そこで隣に住んでいたのが飯田さんだった。とんでもなく汚い部屋に住んでいて、まだ冬だというのに三日に一度はゴキブリ退治の要請を受けた。ゴミまみれの部屋は隣室も害虫被害を受けるというのがマンション暮らしの常識だ。ぼくは自分の部屋の清潔を守るために、せっせと隣家の掃除を手伝うようになった。

だからぼくは、ある程度、飯田さんの内面を知っているつもりだ。その内面も一部にすぎないことはわかっている。それでもぼくは飯田さんの最初の男だし、知っているかと訊《き》かれたら自信をもって「少しは」と答えられると思う、その程度には、近しい気持ちを抱いていることは確かだ。

それに対して、飯田さんが知っているぼくはどうなんだろう。きっと薄っぺらい。彼女のぼくに対する認識は、真面目な経済学部生であること、家事が万能であること、漫研で薄暗い短編漫画を描いていること、九州の実家が地味に裕福であること、それから他人には言えない場所に大きなほくろがあることぐらいのものだ。

「ホテルでセックス、楽しいだろうなあ」

「まあまあ楽しかったですよ」

こういうことはさらりと受け流すのがいい男の条件だ。ぼくは前髪をかきあげて、小さく頭を振ってみせながら立ち上がった。でも内心では、とても、動揺してる。

それから飯田さんの運転で大学に行った。

これも意外なことに、彼女の運転は快適だった。たまにしかハンドルを握らないぼくよりも、そして実家で母さんの車を乗り回している妹の真魚《まな》よりも上手《うま》い。

飯田さんの愛車は中古のコンパクトカーだ。後部座席にはまたしてもハイセンスで微妙な編みぐるみ人形が散乱してとても座れたもんじゃない。機会をみてこの車も徹底的に掃除しないと。

「イサは部室にいるでしょ？　私、自分の用事がすんだらそっちに行くから待ってて」

飯田さんは物わかりのいい先輩の顔になって、ぼくにそう命じた。ぼくは簡単に漫研の部室の場所を教えた。

「うん。じゃ後で」

ぼくたちは大学の駐車場でとりあえず別れた。

曇り空の合間に夏が忍び込んでいる。木々の真緑が爽快だった。何の根拠もなく、今年の夏は暑くなりそうだと予感する。自然の緑というのはこんなに激しい色だったたろうか、こんなに奥行きのある色だったろうか。

ああ、久しぶりの総天然色で世界を見ているからだ。

飯田さんと繋《つな》がっていた部分がきゅっと熱を帯びた。

漫研の部室に入ると、いつものように部屋はごったがえしていた。部誌の締め切り日だったこともあり、さらに活気を帯びている。まだ原稿が白紙で参っちゃうという愚痴を叫んでいるのは、夏休みの宿題を九月一日になってから始めるような連中だ。

ざっと見ただけでも、中央の大テーブルでは五人以上が原稿を広げている。

手前で団子のように固まって手塚治虫《てづかおさむ》の『火の鳥』を読みふけっている連中には見覚えがない。一年生だろう。ぼくは四月と五月にかけて三度催された新歓コンパに一度も参加しなかったので、六月に入ったというのにいまだに一年生たちの顔と名前が一致しない。

「あ、イサ先輩だ」

奥にいた二年生たちが手を振る。ひときわ大きな声の持ち主は岸川《きしかわ》だ。関西訛りだからすぐにわかる。元気な声で元気な表情、絵は初心者だが評論を書く。将来は大手出版社で編集者になりたいと夢を抱いている。その夢はたぶん学歴フィルター的な意味で叶《かな》わないだろうけれど、眩《まぶ》しくて羨ましい気もする。

「ちょうど先輩の原稿みせてもらってたんですよ。今回の短編も渋くて不条理でカッコいい」

「ありがと。葉月《はづき》先輩は？」

「あのひと昨日はここに泊まってたらしいです。でも原稿はまっしろ。もう最低。さっきふらふらと出て行きました、授業に出てるんと違いますか」

　ぼくはへこんだ長椅子とホワイトボードを眺めた。つい半日前にはここで葉月先輩に押し倒されていたのだ。すでに記憶が曖昧でぼんやりしている。人間はどうでもいいことから忘れていく生き物だ。

「先輩、一年生たちに挨拶しました？　連中には好評ですよ先輩の漫画。大学に入りたての頃って惹《ひ》かれちゃうんですよね、先輩みたいなアートっぽいオシャレ漫画。陰影の使い方がざらざらしててていいんだよなあ。今回はミユキの心情部分が弱いのが惜しいです。先輩の漫画っていつもストーリーがいまいち弱いんですよね、もうちょっと物語を練ったら絶対いいセンいく」

「いやいやおまえそういうけど今回は枚数が……」

「あの、斉藤《さいとう》先輩、ですか？」

　岸川に苦しい言い訳をしていたら、ぽん、と声をかけられた。

　小柄のちょこんとした女の子だった。ちょこまかとした顔でちょこまかと動く。ぼくはたぶん一時間後にはこの娘《こ》の顔を忘れていると思う。

「斉藤先輩って経済ですよね？　うちも経済なんですけど」

「ごめん、君だれだっけ」

「工藤《くどう》です、工藤朝美《あさみ》。先輩って小倉《こくら》のひとなんですか。うち八幡《やはた》なんですよ」

「へえ。何処《どこ》」

「黒崎《くろさき》の東のほうです」

「ごめんよくわかんない。都市高速の通ってるあたり？」

「先輩は小倉のどこですか」

「──こらこら、周囲にまったく通じない故郷ローカルの話題で盛り上がるのは禁止！」

べつに盛り上がっていたわけではない。このまま彼女の質問攻めに遇《あ》いそうになっていたぼくを、岸川がさりげなく救出してくれたのだ。

工藤朝美はストレートの黒髪をゆるく束ねていた。清楚《せいそ》な小花柄のブラウスにふわふわした謎生地のスカート、あざといナチュラルメイク。オタクだらけの漫研女子のなかで浮きまくっているガーリーお嬢さんのフェミニン戦闘服。こんな下流大学で何を張り切っちゃってるんだろう。古き良き時代風だけど正直ダサいと思った。でも似合ってる。だからこれが彼女の正解なのだ。そして自分の正解を知っている女は、したたかだ。

「うち、先輩の漫画のファンになっちゃいました。まだ漫画を描いたことがないのでいろいろ教えてください、斉藤先輩の弟子になりたいです」

きっと高校時代にはクラスの一番後ろに隠れていた乙女。冴《さ》えない眼鏡と重たい黒髪、お勉強も運動も平々凡々。声もか細くてすぐに赤くなる。でも勇気がある。勇気ひとつを友にして、実は大人びた大胆さがあって、誰も知らないところで大人の階段を二段飛ばしで駆け上って、たぶん仲間内では非処女であることが唯一のプライド。工藤朝美の背景はたぶんこんな感じだとぼくは勝手にプロファイリングした。

「ぼくじゃなくて松尾《まつお》さんに付くのがいいと思う。少女誌の読み切りでデビューして今は商業アンソロでBLを描いてるプロの先輩なんだけど。エロBLが平気なら頼ってみたら？　未経験者に優しいし、デジタルも詳しいし」

「え、でもその松尾先輩って何度も留年してあんまり大学には……って聞いてますが」

「岸川、レジェンド松尾の連絡先を教えてやれよ」

「うす。レジェ松のSNSでいっすか」

「何でもいいから早くしてやんな」

ぼくが命じると岸川はすぐに自分のスマホを取り、豪速で指を動かした。と同時に彼女のスマホがピコンと鳴る。

「あいよ、松尾さんのSNSアカウントを送った。まずはフォローしてDMで挨拶しなよ、こっちからも声かけとくんで」

「でも、あの」

工藤朝美が顔を赤くして抵抗をはじめたが、これを何とかするのはぼくの優秀な秘書官である岸川の仕事だ。

ぼくが窓の外を眺めて知らん顔をはじめると、岸川が「松尾先輩に鍛えられて初上京の初持ち込みで奨励賞をとった奴《やつ》がいるんだよ。賞金一万円はコーチ料として彼女に取り上げられたけど」と語り聞かせはじめる。ぼくは小さく笑った。それ、実は岸川本人のことなのだ。岸川はこの賞金強奪の件で破局するまで松尾先輩とつきあっていた。今もつかず離れずの微妙な関係らしい。漫研はこういうクソみたいな痴情ネタの宝石箱なのだ。

ちょうどいいタイミングで、こんこんこんと控えめなノックがみっつ響いた。

「ごめんくださいな」

さらに古風なご挨拶とともに、部室に部外者が顔を覗《のぞ》かせる。

「あのう、斉藤勇魚《いさな》くんいますか」

一瞬で部室が静まりかえった。

漫研には似合わない美女が顔を出し、しかもぼくをフルネームで呼んだ。

ぼくの悲惨な過去を知っている人間は目を丸くした。それから好奇心にかられて工藤朝美を見ると、彼女も間抜けな顔をして驚いている。

ぼくは悠々とした顔で部室のなかを遊泳し、飯田さんに辿《たど》り着《つ》く。

「……じゃ岸川、ぼく行くから」

「あ、そうすか。ふひひ。どうもお疲れ様です」

岸川のお疲れ様コールに倣って、一年生たちも「お疲れ様でした」と声を揃《そろ》える。ぼくが後ろ手にドアを閉めたところで、「斉藤先輩って彼女いたんだあ！　誰ですかあのひと絶対イケるなんて言ったひとは！　もうショックだあ」というもっとみない呻《うめ》き声《ごえ》が聞こえた。もちろん工藤朝美だ。

「イサはもてるのね」

飯田さんがぼくの耳に囁く。

「ねえ、私も読みたい」

「ぼくの漫画？」

「んにゃ。イサの女先輩の、プロ漫画家のひとが描いたBL漫画」

「今の、んにゃ、って言い方ちょっと可愛い」

「んにゃー、んにゃー」

「でも二回続けて聞くとそうでもなかった」

「にゃはー！」

無駄なやりとりではしゃぎあう。自然なしぐさで恋人繋ぎする。

真魚は今頃何をしているだろう。

赤ちゃんの名前は決まっただろうか。

＊

それから二週間が過ぎた。

あの日から、飯田さんはずるずるとぼくの部屋で寝泊まりするようになった。相変わらずぼくは、この関係にぼんやりと戸惑っている。好きだと言ったこともないのに、つきあっているわけでもないのに。

でもその戸惑いがなぜか妙に心地よかった。痛痒《いたがゆ》い虫歯を舌先でひっかいているような、何とも言えない快感がある。

就職の決まった飯田さんは、内定先でもある雑貨屋から優秀な成績で卒業するようにと命じられている。さらにフランス語の自己研鑽《じこけんさん》の他に簿記二級の資格も取っておけと言われているので大変だ。そのうえで優秀なゼミ生としての学問も欠かさない。

文学部の彼女は昭和《しょうわ》初期《しょき》の文豪について卒論を書くといい、資料を集めている。残念ながらぼくは何の手助けもできない。

学問に没頭した彼女はいよいよだらしのない女になった。

こまめに大学に通い、バイトもする。それからぼくの部屋に戻って食事をする。朝はぼくと一緒に起きて大学に行く。ぼくは彼女が散らかした服を整理して、洗濯をする。

週に三日程度はぼくが夕方から塾講師のバイトに出て深夜に帰る。ふたりで揃うと遅い夕飯を食べて、少しイチャイチャする。イチャイチャしないときには飯田さんは隣の廃《はい》墟《きょ》に帰って寝る。そして次の朝には平然と朝食を食べに来る。

飯田さんはぼくに通帳を預けてくれた。そこから彼女の生活費を抜いてくれと言うが、通帳残高は七桁を超えるとんでもない額だ。さらに毎月かなりの金額が振り込まれていた。東京で起業したという彼女の母親からの仕送りだという。ぼくがこの通帳とカードを持って逃亡したらどうするつもりなんだろう。

今夜も飯田さんは何の断りもなくぼくの部屋に帰宅し、さっさと風呂に入ってしまった。

ぼくは風呂上がりの彼女のために、冷蔵庫の缶ビールを確認する。

「私が買ってきたビールはまだ残ってる？」

そらきた。

「冷えてますよ」

一缶抜いて、彼女に差し出した。

「おおよしよし、このワンコは気が利くおりこうさんだねえ」

上機嫌の飯田さんがぼくの頭をこねくりまわしてキスしそうになったところで、ぼくのスマホが鳴った。

「はい斉藤です、オーバー」

『こちらも斉藤です、オーバー』

もちろん真魚だった。一瞬、先日の嘘を思い出して胸が痛む。

『あれからどう？　レポートはコピペで間に合った？』

「おかげさまで。……ほんと悪かった」

『赤ちゃんの名前が決まったよ。というか翌日にはもう決まってたんだけど、ばたばたしてて連絡できなくてごめんね、赤ちゃんの動画も』

「いや、こっちこそ」

飯田さんはぼくを気遣い、気配を殺してビールを吸っている。

ぼくはスマホを耳に当てたままベッドに寝転んだ。

目を閉じる。真魚の声が響く。

『アユタって名前になったよ。魚の鮎《あゆ》に、太郎の太。これであたしたち三人とも魚関係だね』

「……可愛い」

『でしょでしょ』

「父さんたちはぼくのこと何か言ってる？」

『会いたがってるよ。家族写真を撮らなくちゃって言ってる、あたしたちがお宮参りのときに撮った余田《よだ》写真館に頼むって』

真魚の口調がふわっと動いた。もしかしたら嘘をついているかもしれない。両親は口ではぼくの多忙を許してくれても、本当は怒っているかもしれない。

また胸が痛む。やっぱりあの日に帰省すればよかったのだろうか。けれど浮かんだ後悔はすぐに溶けてしまう。いや、家族よりも飯田さんといたほうがいい。

「真魚、ちょっと元気ないみたいだ。疲れてる？」

『そりゃ家に新生児がいたら環境激変で大騒ぎだよ。夜中はママを休ませてあたしやパパが代わりにミルクをつくるし。でも実はママが退院するまではあたしも寝たり起きたりの病人生活だった』

「ほらやっぱり。大丈夫？」

『勇魚』

真魚の声が笑っている。

『ねえ、ひとつ気になってたんだけど、あんたレポートがあるから帰れないって言ってたくせに、その日の夜はデートだったたんでしょ』

「――あ？」

『漫研のキッシー。あんたの後輩が、〈くじら先輩は今頃彼女とデートか〉ってＳＮＳに書いてた。キッシーはときどきあたしと絡んでくれるんだ、あんた彼にあたしの写真を見せたことあるでしょ？　あたしのこと可愛い可愛いって、遠恋でもいいからって口説きまくりだよ、あんたの個人情報もあたしに垂れ流し状態』

岸川のクソが！

ぼくは思わず咆《ほ》えた。こういう危険について、これまで想定していなかったわけじゃないけど完全に油断していた。そして今頃になってようやく、だから家族とネット上の関係を結ぶと面倒なことになるのだと思い知った。

『べつに嘘つかなくてもいいじゃん、どうせキッシー経由でバレちゃうんだからさ。彼女の束縛がキツいからすぐには帰省できないって言ってくれたらよかったのに』

「その、それは、あの日はなんというか特別で」

ぼくは振り向いて、二本目の缶ビールを飲みはじめた飯田さんを眺めた。彼女の黒髪と白い肌は風呂上がりに艶を増す。

『新しい彼女ができたんだね？』

最後の一言を訊きにくそうに、真魚はぼくに尋ねた。

『もしかして今も部屋にいたりして？』

「……うん」

ぼくのなかで、はじめて飯田さんに対する照れのようなものが生まれた。小さな灯《あか》りがともったようであたたかい。そうか、やっぱり飯田さんはぼくにとって照れちゃう存在なのだ。

『よかったあ。半年前の姿しか記憶に残ってないから不安だった。市原《いちはら》んちのババアはあんたが怪しい宗教や闇ビジネスにハマったんじゃないかなんて言いだすし。でもよかった。治ってるね、治ったね、勇魚』

優しい優しい真魚の声。

ぼくに暗示をかける声。ぼくによく似た真魚の声。

『でもあたしは意地悪だからパパとママにはチクったもんね。今度みっちり叱られなさいよ』

「……わかった。ごめん。ちゃんと筋は通しとく」

真魚が表現したよりもずっと高いレベルで父さんはぼくの親不孝に憤っているのだろう。それは簡単に想像できた。

『恋愛はいいよねえ、恋はいいよお。あ、コンビニ入るからもう切るね』

「真魚？　あんたこんな時間に何処にいるんだよ」

『コンビニに煙草《たばこ》を買いに来たついでにちょっとね。それじゃ約束どおり、お盆にはちゃんと帰ってきてよね』

「真魚ごめんな、いろいろ気を遣わせてごめん、ありがと。それからあんた煙草はやめ……」

言いかけたところで通話は切れた。

と同時に、再び鳴りだす。

見知らぬ番号だった。この時間ならバイト先メンバーの誰か、職場チャットで文字証拠を残したくない内容の直電だろう。ちょうど春に入ってきた連中が一斉に飛んで現場のシフト交換が混乱する時期だ。

「あら、電話の多い夜ですこと」

「たぶんバ先のひとだと思う、社員に知られたくない交渉で」

「闇ビジネス組織みたい」

突っ込みを入れた飯田さんはすでに酔いが回って、さらに三本目の缶ビールのプルを起こしたところだ。そろそろ打ち止めにしたほうがいいですよと早口で小言を言ってから、ぼくはビジネス用の固い声で通話を受ける。

「はい」

『夜分遅くすみません。漫研の工藤です』

「はあ、まんけんのくどうさん」

まんけんのくどう。思い出すまでに時間がかかる。工藤って誰だ。

ああ、一年生の工藤朝美。顔は思い出せないけど。

「何か用事?」

『あのう、突然で申し訳ないのですが、土曜は先輩あいてますか？　部の一年生たちを中心に、その、夕方から集まってカラオケ屋で』

運が悪いことに今週の土曜日はバイトがない。

とっさに適当な言い訳を考えてはみたものの、これで連続四回サークルのコンパを断ったとなると、そろそろ吊《つる》し上《あ》げを食らってしまいそうだ。

「予定はあるといえばあるし、ないといえば、ないし」

ぼくは意味もなく部屋を見回す。

通話の向こう側には息を潜めた女の子たちの気配を感じた。おそらくその背後にいる軍師たちが彼女をたきつけているのだ。

ぞっとした。

『女子会じゃないので安心してください。岸川先輩も来てくれますから』

またおまえか岸川。

反乱者のなかにブルータスの姿をみたカエサルはどんな心境だったろう。大切に育てたアナキンがダース・ベイダーになったときのオビ＝ワンはどんな気持ちだったろう。

今のぼくなら共感できる。

「悪いけど、夜は夕飯の支度があるから」

『あれ、先輩は一人暮らしじゃなかったですか？』

「うん、ああ、ええと猫の餌を」

ぼくが事務口調で淡々とくだらない言い訳を並べはじめたところで、背後からにゅっと伸びた細い指がスマホをつかんだ。

「もしもし、にゃーおにゃおにゃおにゃーにゃー」

「ちょ、飯田さん何言ってるんですか！」

「猫なら猫まんまを買って我慢しますからどうぞイサと楽しく遊んでやってくださいね、って言ったの」

ぼくを睨《にら》みあげた飯田さんは、偶然にも猫にそっくりだ。

「なんでそんな勝手なことを」

「猫だから好き勝手するんだもん。イサは本物の猫を飼ったことないの？」

『もしもし、もしもーし、斉藤先輩？』

スマホから聞こえる声がぼくを呼んでいる。

「はいはいわかった。行くよ、待ち合わせは何処？」

六時に部室だと告げて、工藤朝美はようやく電話を切ってくれた。

もう、ぐったりだ。

飯田さんは空き缶を片手に立ち上がり、いきなりぼくが整理整頓していた雑誌の束を壊し始めた。

「何してるんですか」

「資料の雑誌。ここに私が置いてた『國文學《こくぶんがく》』はどこ？」

「ちゃんと片付けましたよ。あなたが付箋をつけてるやつは一番上。いまから勉強するんですか？　酔ってるのに？」

「私は酔ってないよ。ばか」

なんだその言い方。

じっとりと汗ばんで、この湿度もいやだ。

「ぼくのサークルのことで口を挟むのは今後やめてください。おかしいでしょ、今の。飯田さんが口を挟んだのはおかしいでしょ？」

「どうして」

「だってぼくたち、つきあってるわけでも何でもないのに。まるでぼくが遊びに行くのに飯田さんの許可がないと行けないみたいな」

「つきあってないの？」

飯田さんは、こふ、と可愛いげっぷをした。

そしていきなり顔を赤くして地団駄を踏み出した。

「違う！　この本じゃない！　んもう何処に隠したの！」

癇癪《かんしゃく》を起こしてテーブルを蹴飛ばす。マグカップやテレビのリモコンごと派手な音をたて、スローモーションでひっくり返る。めちゃくちゃだ。

だから三本目の缶ビールはやめとけばよかったのに。

「何するんだよ！」

「イサのばかっ」

ビールの空き缶を投げつけられた。ぼくの頭に当たってありえない方向に飛び、なぜか部屋のゴミ箱に飛び込んでしまう。ナイスクリア、でも痛恨のオウンゴール。そんなこと言ってる場合じゃない。

「私帰る。イサが私の卒論の資料をなくしたから帰る」

「はいはいどうぞ」

「本当に帰るから」

「だからご自由に」

ぼくは自ら玄関に出向き、ドアを開けて彼女を促した。

彼女は唇を尖《とが》らせ、のろのろとサンダルを履く。

「きらい。イサなんてきらい」

「ぼくは土曜の夜はいないからね。勝手に部屋に入らないこと」

「知らない。明日も明後日《あさって》も十年後も百年後も、もう二度と来ないから」

「了解了解」

「ばか!」

「うるせえよ!」

「ねえ、私たち、つきあってないの?」

飯田さんが一瞬だけぼくの指先をつかみ、ぱっと離した。

「ごめんなさい。今の無し。眠い。寝る。飲み過ぎた。ごめんなさい」

抱きしめたくなった。

やっぱりぼくもよくわからない。さっき感じた不愉快な苛々《いらいら》も本心だったし、今、なんて可愛い女の子だろうと感じているのもまた、ぼくの本心だ。

そういえば、吏子とは最後の最後まで、結局一度も怒鳴りあいの喧嘩《けんか》をしたことがなかった。

——4.

　で、あたしはといえばまたしても市原《いちはら》に大きな借りをつくってしまったわけよ。

「三浦《みうら》くんだっけ？　すげぇ顔して睨《にら》んでたぞ。おまえしばらくは身辺に気をつけたほうがいい」

　市原は軽く拳をかかげてみせた。頬がぼんやり腫れている。この男はまたしても殴ったり殴られたりしたらしい、あたしのせいで。

「いつもストーカーどもから守ってくれてありがとね」

　あたしは自分が咥《くわ》えていた煙草《たばこ》を、市原の口に突っ込んだ。

「吸いかけの煙草をあげるから。ご褒美の間接キッス」

「これで何人目だよ。真魚《まな》が面倒臭い純情ストーカーに絡まれて、おれがおまえの保護者として脅しつけて殴って殴られて泣かせて『もう斉藤《さいとう》真魚嬢には近寄りません』って念書とってさあ、はいこれ」

　くしゃくしゃの紙を渡される。三浦某《なにがし》の涙で滲《にじ》んだ念書だ。あたしは丸めてポケットに突っ込む。

「間接キッスで足りないなら他にもお礼してあげるよ、何がいい？」

「タンパク質がいい。肉くいてえ」

「あたしのせいで殴ったり殴られたりしたんだから当然の報酬だよ。土曜日はどう？」

「奢《おご》らせすぎかな？」

「いいよ」

あたしが提案すると、市原は一応コホンと空咳《からせき》して、

「べつにいいけど？」

なんて唇を尖《とが》らせて消極的に頷《うなず》く。嬉《うれ》しいくせにね、バカめ。

そういうわけで明日、土曜日の昼から出掛けて夜まで遊ぶ約束をした。青春真っ盛りの男と女がふたりで土曜日に半日かけてねっとりと遊ぶ。寂しくて滑稽だ。市原は蹴鞠《けまり》サークルで恋人をつくらないのだろうか。あたしが知る限り、市原は小学校の後半から今に至るまでしょっちゅう彼女を取り替えているようだけど一度も長くつきあったことがない。ろくでなしなのだろう。

あたしもひとのことは言えないし、あまり関係ないけど。

＊

土曜日は生憎《あいにく》の天気で、外で遊ぶ気にはなれず、ふたりでカラオケという気分にもなれず、ゲーセンで暇を潰そうかと歩いているうちに結局パチンコ屋に入った。

たまたま新台が隣同士で空いていたので、データも確認せずに並んで座る。玉貸機に紙幣を突っ込んで装填したところで市原がふらりと席を立ち、コーヒーのペットボトル二本を両手に帰ってきた。

「コーヒー」

「ん」

あたしはすでに打ち始めているから視線は動かさない。

喧噪《けんそう》は気楽で、喧噪は高揚させる。背後のおっさんが大当たりを引っかけたのか、通路に大音響が鳴り響いていた。

市原がふいにあたしに横顔を寄せてきた。

「……なあ真魚。この前はわざわざおれに三浦くんの始末を頼んで何処《どこ》に行ってたんだよ」

「べつに」

「スマホの電源切ってただろ」

「しらない」

「もしかして、恋人ができた？」

「知りたい？」

「おれには関係ねえし」

「じゃ訊《き》かないで」

意味深に拒んでみせると、市原はつんと視線を逸《そ》らした。べつに良《い》いけどね、と負け惜しみのような声で呟《つぶや》いている。ああ、喧噪のせいで聞こえない、聞こえない。

話題を変えれば風の向きも変わるだろうか。

「そうだ。あたし勇魚《いさな》に電話して訊いてみたんだ、やっぱりビンゴだった」

「あ、勇魚のアレ？　後輩からのリーク？　それじゃあいつ、鮎太《あゆた》が生まれたのに帰省をとりやめて女と遊んでたのかよ」

「どうもそうらしい」

「人としておかしいだろ、それは。やっぱり勇魚は人としてどこかおかしいよ」

市原は賞味期限の切れたヨーグルトをうっかり口に含んだような、何とも言えない不《ま》味《ず》い顔をする。

あたしは笑った。笑いたかったから笑った。

「でもね、あたしの勇魚は幸せそうだった」

「……真魚」

「幸せが一番だよ。恋はいいよね。祝福される幸せが一番」

市原が何か言おうとしたとき、あたしの台がいきなり光を放った。ファンファーレが響いて液晶画面が左右に揺れる。

「来るよ」

あたしはハンドルから手を放して、ついでに拳を握った。激アツさあ来い。何度も畳みかけるようなリーチ、掛かりそうで掛からない勝負の瀬戸際。

不健康と射幸、後ろめたい健全はすべてここに来て無駄に輝け。くるくると回る数字がゆっくりとスローモーションで点滅して、やがて三枚ともが7で静止した。

「よし！」

お馴染《なじ》みのアニメソングがフルコーラスで流れ始める。

あたしと市原は握手した。市原の手が大きくて熱くて、あたしはどきりとした。やっぱり市原は何かが過剰なんだ。


理恵《りえ》叔母ちゃんの態度がよそよそしい。

どうしてだろう。理由はわかってる。

「理恵叔母ちゃん、あたしの話ちゃんと聞いてる？」

「聞いてるよ。それで？」

「……それで、あたしがパチンコで大勝したからファミレスに行くのはやめてステーキ屋さんに行った。最高のステーキを食べて、ワインを飲んで」

「市原くんは？」

「ごはんの後で別れた。あたしは理恵叔母ちゃんに会いたかったから」

あたしは掌《てのひら》のグラスをもてあそんでる。

水割りを飲ませてほしいと頼んだのに、あたしがすでに酔っぱらっているからと水しか出してくれない。でもかまわない。この部屋で口にするものは何でも美味《おい》しい。

「あたしには超能力があるんだって、市原に言わせると。ねえ理恵叔母ちゃんもこっちにきて座ってよ、あたしの隣に座って」

キッチンで洗い物をしていた理恵は、肩で小さく溜息《ためいき》をついてあたしの隣に座った。

「そうね。真魚は子どもの頃から勘が良かったから」

「煙草吸いたい」

「ぜったいに、駄目」

「ああ吸いたいなあ、吸いたいなあ。ふふっ」

あたしは可愛《かわい》く駄々をこねた。

「あっ、そういえばこないだ病院で盛田《もりた》って医者に煙草をとられたの！」

「盛田先生？　今うちにいる研修医ではいちばん使える子だけど、たしかに」

たしかに盛田先生なら真魚の煙草を取り上げるでしょうね、と言って笑う理恵叔母ちゃんは今だけ以前と同じ表情だった。あたしは安堵《あんど》した。

「叔母ちゃんが盛田にガツンと怒ってよ。あと煙草を返せって言っておいて」

「もう遅いから、バスがなくなる前に帰りなさい」

「車で送ってよお。今までは家まで送ってくれたのにい」

さっき安堵したのにやっぱり違った。理恵叔母ちゃんはあたしの顔を見てくれない。いつ転がり込んでも厭《いや》な顔ひとつしなかったのに。いつも素敵な笑顔で迎えてくれたのに。酔って転がり込んだらお茶漬けを食べさせてくれたのに。

理恵叔母ちゃんは素敵なひとだった。

ついこの間まで優しかった。

なんで今夜はそんな顔するの？

なんで、そんなにひきつった顔で笑うの？

「ねえ。この前は楽しかったねえ？」

あたしは彼女の膝に躰《からだ》を預けて、真下から彼女を見上げた。

「またしよう。ふたりで何処か遠いところに行って一日じゅうやろう」

「あのね真魚」

「叔母ちゃんのこと理恵って呼ぶ。理恵はあたしの恋人だ。あたしと理恵は相性ばっちり」

「駄目よ」

　理恵はようやく、きりりとした顔であたしを睨んだ。今夜はじめてまともにあたしの両目を見つめた。二重の瞼《まぶた》が震えてる。あたしは見とれる。

「きれいだね。理恵」

「これはいけないことなのよ」

「知ってる。何をいまさら」

「叔母ちゃんはね、真魚に無理矢理あんなことされたくないの。二度といやなの」

　えっ、このひと何言っちゃってんの。

　ボタンをひとつかけまちがえた。修正しなくちゃこじれてしまう。

「ちょっと待ってよ理恵。駄目だって先に言ったのはあたしのほうだ。いやだって先に言ったのはあたしのほうなのに、どうしていつの間にあたしが無理強いしたことになってるの？　小五のときに理恵はあたしを触ったよね？　あたしはやめてって泣いたよね。それから時が流れて、あたしが大人になって、今度はあたしから理恵を求めてあげたのにどうして理恵は嬉しくない顔するの？　おかしくない？　あんたが無理矢理あたしに跨《また》がるのはよくて、あたしが無理矢理あんたを抱くのは許されないの？　あんた何言ってるんだよ」

「真魚はわたしに復讐《ふくしゅう》してるのね。わたしが……」

なんだその顔。ほんとに何もわかってない。

理恵は鈍感な可愛いオバサンだなあ。

「違う違う、そうじゃないって、これは恋愛なの。恋なの。子どものときは何だかよくわからなくて最初は怖くて泣いちゃったけど、あたし本当は気持ちよかった。回数を重ねるごとに溺れていった。あたしを溺愛してくれる理恵が大好きだった。でも最近は理恵が何もしてくれないのが辛《つら》かった。もう愛されてないのかと思って苦しかった。だからこの前は、たしかにあたしが強引に迫っちゃったけど、やっと以前のようにできたのが嬉しくて、嬉しくて。理恵もそうだったよね？　あたしの名前を呼んで、はじめてのときみたいに優しく」

「やめて」

理恵は耳を塞いだ。

それから涙をぽろぽろ流した。

「真魚ちゃん、わたし結婚するの。……もう過去のことはすべて忘れて欲しい」

「あたしは気にしてないよ、だってこれは普通の恋愛だもの」

それでもあたしは悲しくなって、とても悲しくて悲しくて悲しすぎて欲情した。強引に彼女の肩をつかんで押し倒した。キスして素肌の膨らみに触れようとしたら、彼女は般若《はんにゃ》の顔になってあたしをはね除《の》け、壁際まで逃げた。

あたしは頭を振る。

言葉を探していたら、視界の隅で何かが光った。

本棚だ。ホームセンターで買った組み立て式の本棚には看護の専門書と医学雑誌の他に、彼女が愛読しているジュニアアイドル誌のバックナンバーも並んでいた。

注意して見るとその一冊が浮いている。指をかけて引き抜いたら、間に挟まっていたインスタント写真がぱらぱらと落ちてきた。地下アイドルが客と肩を並べて撮るあの安っぽいやつだ。

小学生の幼い女の子がきわどい水着姿で笑ってる。

撮影者である理恵を心から愛して信頼している笑顔だ。この幼女はすべてを理恵に預けている。委ねている。

あたしは昔こうやって「モデルさんごっこ」と称して理恵に写真を撮ってもらって
——違う。

これ、あたしじゃない。あたしの顔じゃない。

「理恵、この子だれ。あたし以外の女の子にもこんな」

「返しなさい！」

理恵があたしから写真を奪おうとする。彼女の爪があたしの手の甲を裂いた。

「あたしだけじゃなかったのか。あたしが大人になったから捨てて、また次の女の子をあたしと同じ目に遭わせるのか」

この写真の子、もしかしたら。

「はやく出ていきなさい！」

嫉妬は焔《ほのお》ではなく、暗闇だ。

「理恵。あんた異常者だよ、社会で生きてちゃいけない人種だ。わかってる？」

その瞬間、不思議だなあ、サングラスをかけたみたいに世界が薄暗くなった。

あたしは両目を擦《こす》った。世界に膜がかかってぼんやりする。面倒くさいことになった。恋人を怒らせた。きっとマリッジブルーなのだろう。結婚するって言ってたから。あたしと。いやいや、ノンノン、違う、あたしではない男と。理恵はあたしとは結婚できないんだ。法律の壁があって。血液の壁が厚くて。そうじゃなくて、理恵に次の女ができた。それは婚約者の子ども。それが理恵の新しい玩具。

あたしは大人の女になったから捨てられた。

あたしがいた場所には二代目の美少女が扇情的な水着姿で座ってる。

あたしはさんざ弄《いじ》られて、調教されて、好きにされて、メロメロにされた挙げ句に捨てられたんだ。

残ったのはあたしの慕情だけ。

まじかよ。

スニーカーの踵《かかと》を踏んで、玄関のドアを開けた。理恵のマンションは玄関のドアがすごく重たい。

「あ」

通路に出たところで、背の低い中年男と鉢合わせた。どっしりと構えた表情が器の大きさを連想させる。度の強い大きな眼鏡をかけている。そして聡明《そうめい》な表情。

理恵の婚約者か。

病棟のスタッフステーションで看護師たちが噂話《うわさばなし》をしていた。理恵が娘連れのやもめ医者と結婚すること。彼の娘も賛成しているらしい。

「こんばんは。これから理恵叔母ちゃんのところですか？」

あたしは朗らかに挨拶した。

彼はもちろん戸惑っている。

「ええ……と？」

「あたしは彼女の姪《めい》です。ここ大学に近いから、酔った晩は仮眠させてもらうんですよ」

あたしの笑顔は可憐《かれん》だから初対面の相手から警戒心を奪う。優しく微笑《ほほえ》んでみせた。

「でももう来ません。理恵叔母ちゃんはあなたと結婚するから。あなた、お嬢さんは？」

「昨日から祖父母のところに」

「お嬢さん、理恵叔母ちゃんに懐いてるでしょ。何か言ってませんでしたか」

「何かって、何を？」

「言えるわけないか。あたしも親には言えなかったもんね、あんな写真までとられて」

煙草を取り出し、一本咥える。

思わせぶりに火をつけて吐き、顔を上げた。

「これ、さしあげます」

あたしはずっと左手で握りしめていた皺《しわ》だらけのインスタント写真を、この可哀相《かわいそう》な男に渡した。彼は無言でその写真を見る。

はっと息を呑《の》む音。

両手で皺を伸ばし目を近づけて事実を認識すると、声を殺して悲鳴をあげた。

「何だこれは……こんなものを誰が」

「たぶんですけど、あんたの娘はあんたの女にやられてるか、もうすぐやられる。すぐにあの異常者から引き離して心の傷を癒《いや》してあげたほうがいい」

「……君は……」

「あたしはもう手遅れだから」

凍り付いたように立ちつくす男の脇をすり抜けてエレベーターに乗って、煙草を投げ捨てた。一階のボタンを押す。何度も何度も、爪が折れるほど強く。脳が燃えてる。魂が燃えてる。視界が燃えてる。エレベーターががしゃんと止まって、扉が開いて、夏の匂いがして、マンションを出て躰を叩《たた》きつけるように歩いた。夜道を歩いた。

スマホ。スマホ。スマホ、スマホ、スマホ。

スマホ。スマホ……ああこれだこれだ。スマホ。これを探してたんだよ。

でもどうする。どうしようもない。コンビニの駐車場にへたりこむ。夜空には薄い色の星が瞬《またた》いていた。その情景をかき乱してバイクが暴走していく。あたしは勇魚に電話しなくちゃ。

「あっ、勇魚？」

『ただいま電話に出ることができません、発信音の後に』

機械女の応答のあと、ぴーという卑猥《ひわい》な音が響いた。

「……もしもし真魚だけど。勇魚何処にいるのかなあ、電話とれよバカ。でも夜遊びできるくらい回復したんだな。よかったね。あのね、あたしは今日」

切れてしまった。

あたしは淡々とリダイヤルする。

再び発信音が鳴るまでの間がもどかしかった。

だんだんと堪えきれなくなって、伝言も残さずに何度も何度も電話をかけ続ける。勇魚のスマホはたぶん今頃あたしの着信履歴で一杯になっているはず。

二十五回目の発信で、ぷつんとコールが切れた。

『あの、もしもし？』

ふいに声が耳に飛び込んだ。

女の声だった。

『何度も電話してもらってるのにごめんなさいね。イサはスマホを置いて出掛けちゃったみたいなの。それで今夜は漫研の集まりだから帰りは遅くなると思います。あのね、私は隣の住人で、彼の合鍵を借りてます。でも今は彼と喧嘩《けんか》してるところで、部屋にも入るなって言われていたのだけど……あのひとのスマホが鳴り続けてるのが壁越しに聞こえて、悪いことだとは思ったんだけど、どうしても気になって。えっと、まなちゃん、だよね？　私、飯田《いいだ》っていいます』

ふわふわした声でよく喋《しゃべ》る。

あたしは唇を嚙《か》んだ。こいつが勇魚の新しい女か。あたしは嗚咽《おえつ》した。涙が出た。女か。勇魚の女め。いったいそれがどうしたっていうんだ。

「うん。あたし、あたし勇魚の妹の真魚です。今日は市原とパチンコにいきました。それで勝って、ステーキを食べに行った。凄《すご》いんだよ、シェフがさあ、あたしらの目の前で、鉄板の上で肉を焼いて、ガーリックトーストを焼いて、ふわっと切り分けてくれて、美味《うま》かった。肉汁最高、肉最高。贅沢《ぜいたく》しちゃったよ。でもたまにはいいよね、それで、いまバイクが通ってて、星が、あ、それを勇魚に言いたくて」

『どうしてそんな悲しい声なの。イサと話したいんだよね？　ほんとあのひと何処でバカやってるんだろう、ごめんね、ごめんね』

女神の声とはきっとこんなふうだ。

空からきらきらと光りながら降りてくる声。

「それで理恵が結婚しちゃうんだ」

『りえさんってだあれ』

「……」

『ごめん。あのね、もう何も訊かないからね。大丈夫だから泣かないでね。そうだ私何か歌ってあげる。まなちゃんはどんな歌が好きかな、楽しい歌がいいよね。大丈夫よぉあなたの夢はーかなうーのときめーき大航海でー』

「……」

『あなーたはひとりじゃ生きられなーい振り向けーば大海をすすむー仲間がいーるー』

死ねよとあたしは思った。

勇魚の女。あたしの勇魚から愛されている女。勇魚の部屋の合鍵で不法侵入してる女。

この世で愛するひとから愛されている女はすべて死滅しろ。

滅べ、滅べ愛の世界。

あたしは通話を切って、ついでに電源も切った。それからうずくまって、今夜食べたステーキを吐いて、苦しくて泣いた。

——5.

顔を出してチューハイ一杯で帰ろうと思っていたのに、気づくと岸川《きしかわ》宅で開催された二次会まで居座ってしまった。

久しぶりに参加した飲み会は予想外に楽しかった。青臭い漫画論からはじまって、ここにはいないメンバーの悪口まで、本当に充実していた。

ぼくはスマホを忘れたことに気づいていた。でもそんなことは、今夜に限ってはどうでもいい。

むしろ、だからこそのハイテンションだ。あれが手元にあったらきっと三秒に一度は飯田《いいだ》さんからの連絡を待ってしまう。好きとか嫌いとかそういうのではなくて、いや、そういうものを期待して心が違うところに飛んでしまう。そういう面倒から解放されたかったのだ。

工藤朝美《くどうあさみ》は終始ぴたりとぼくに寄り添って、ときどき「いやだあ先輩ったら毒舌すぎですよお」なんて嬌声《きょうせい》をあげ太股《ふともも》のきわどいところを撫《な》ぜてきた。そのたびに、しょうもないことでキレて暴れた飯田さんの顔が胸に浮かんだ。

つの手だ。

飯田さんと切れるなら今のタイミングしかない。工藤と浮気してみるというのもひと

っていうか浮気って何だ。飯田さんとはつきあってない。そのことを昨夜お互い確認したばかりなのに。浮気って何だ。ぼくはどんだけ上から目線なんだよ。

時刻は午前三時。メンバーの半分が酔いつぶれて雑魚寝をはじめたところでなし崩しにお開きとあいなった。テーブルの上にはスナック菓子の残骸とジェンガが散らばっている。

「先輩これからどうします？」

工藤がぼくに唇を寄せて尋ねる。

「夜道が怖いです。送ってもらえませんか」

悪い気はしないけどいい気もしない。

「酔い覚ましにコーヒーごちそうします」

ふたりでこっそり外に出た。未明のしんとした町を歩き始めたところで、工藤がぼくの手を握った。ぶよぶよとむくんで汗ばんでいる。飯田さんの肌のような吸い付く感じがしない。

初めて飯田さんに触れたとき、ぼくはその肌触りを元カノの吏子《りこ》と比較した。でも今は工藤の感触を飯田さんと比較している。

宣言どおりに工藤はぼくを狭いワンルームの部屋にあげ、そして悔しくなるほど美味《うま》いコーヒーを一杯注いでくれた。

「あれから先輩の彼女のこと調べちゃった」

「え」

「文学部の飯田先輩。一年生のとき学祭のミスコンに推薦されたんだけどノミネートはされなかったんですってね。あのひと休職中の元アイドルでまだタレント名鑑に名前が載ってるでしょ。うちの学祭ミスコン、プロの芸能人は参加できないから。それで彼女は文学部では裏クイーンって呼ばれてるんですって」

「そういえばグラビアの仕事をやってたらしいけど」

「知らなかったんですか。彼女の過去を知らないくせにつきあってるんですか」

また痛いことを言ってくれる。

でもつきあってないよと言えばもっとややこしいことになる。

「ほら見て、こんなエッチな恰好《かっこう》してる。先輩の彼女の、ほんの数年前の過去ですよ」

工藤はコピー用紙を一枚取り出してぼくの前に置いた。

雑誌のカラー写真をコピーしているので、背景が黒く潰れて見にくい。でも、マイクロビキニでベッドに寝そべり猫の姿勢で棒アイスを舐《な》めている美少女は、間違いなく飯田さんだった。彼女の全裸を知っているぼくだけが確認できる。

「よく見つけたなあ、こんなの」

「本名の他にも阿須《あす》まいみとか首藤《すどう》アスナって名前で検索したら一発ですよ。アニメの声優もやってたらしくて、短い間に何度も改名して迷走しまくり。美少女子役が成長劣化して売れないアイドルに転落だなんて可哀相《かわいそう》ですよねえ。黒歴史だらけじゃないですか」

「すごいな」

感心の声が漏れたのは本心だったからだ。

何処《どこ》でコピーしたのかは知らないが、よくぞ見つけてくれたと思う。たしかにこれは飯田さんだ。

飯田さんは嘘《うそ》をついていなかった。

虚言癖の地雷女ではなかった。まっすぐで、無邪気で、美しくて、素直で正直なひとだ。

「厭《いや》じゃないですか？　こういう底辺仕事の無名グラドルって、カメラマンや業界のおっさん相手の枕営業でカラダもメンタルも汚れきってるのに」

卑猥《ひわい》な言葉で吹き出した。そんなことを言う大学一年生女子が目の前にいる。この女のほうが虚言癖で、しかも重症だ。

「そんな汚れきった躰《からだ》の女が恋敵だなんて最悪かも……」

　工藤はそんなことを言いだして、ぼくの目の前でさめざめと泣き出した。こういう展開は予想がついていた。工藤がテーブル越しに目を閉じて唇を突き出しているので、一瞬だけその唇を吸う。ヤニ臭くて唾液が不味《まず》いキスだった。この女は抱けない。

「ぼく帰るから」

「泊まっていきませんか」

「ごちそうさま」

「コーヒーのことですか、キスのことですか。今のキス、ぜんぜん良くなかったですけど」

「どうでもいいけど唾液が臭いよ。ちゃんと舌も磨けば」

　クソうぜえ、最低、と工藤が呟《つぶや》く。

「そんな性格だから元彼女を親友に寝取られたんじゃないですか？　この話、うちが知らないとでも思いました？　うちを怒らせないほうがいいですよ」

「元カノを寝取られた残念な男だから簡単に落とせると思ったんだろ？」

　工藤の返事はない。

　どうして飯田さんを捨てようだなんて思ったのだろう。この女と浮気してもいいなんて思ったのだろう。くだらない。

　アパートを出て、口の中じゅうの唾をかき集めて吐き捨てた。

たしかにぼくは最低だ。

午前四時を回っていた。

いつかと似たような時間帯だ。いつかというのは葉月《はづき》先輩と過ちを犯しそうになったあの晩、鮎太《あゆた》が生まれたときのこと。

けれど似ているようで違う。

ぼくはもうあのときのぼくとは違うのだ。

部屋には灯《あか》りがともり、飯田さんがインスタントコーヒーを飲みながら本を読んでいた。彼女が暴れてめちゃくちゃにした資料の束はぼくが片付けて整理したから、きっと快適に過ごせただろう。

ぼくは飯田さんが戻ってくることを期待していたし、だから掃除を怠らなかった。嬉《うれ》しかった。でも笑うわけにはいかない。

「何してんの。ぼくの部屋には入るなって言っただろ」

「イサおかえり！」

飯田さんが飛びついてくる。いきなり苦しいほど抱きしめられて息が詰まった。そしてやっぱり飯田さんの躰はいいと思った。工藤とは違う、まったく違う。

「どうした」

ぼくは飯田さんの髪を撫でる。

「女の子の匂いがする。あのとき部室にいた女の子の匂いがする」

「うん。さっきまで一緒にいた。浮気してしまおうかと思った」

「おかしなこと言わないで。浮気じゃないでしょ、イサに恋人はいない。好きにすればいいじゃない」

「でもぼくは浮気だと思ったんだ。そしてできなかった」

「それでずいぶんと落ち込んでいるようだけど自業自得よね。イサは私以外の女の子を見る目がなくて、性欲の塊なんだから」

「今は心の底から自覚してるからその攻撃は効かないよ。靴くらい脱がせて」

飯田さんの精一杯の厭味《いやみ》が胸にちくちく刺さって痛痒《いたがゆ》い。本当に可愛《かわい》いな、どうしてくれよう。ぼくはゆっくりと飯田さんの抱擁をといて靴を脱ぎ、部屋に上がった。

「こんな時間までぼくを待ってたの？」

「そう。イサに伝えなきゃいけないことがあって……スマホが何度も鳴ってたの、壁越しに聞こえて、ずっとずっと鳴り続けてるから気になっちゃって」

「取ったのか！」

「どうしても無視できなかった」

それがもしも実家の父親からの電話だったとしたら最悪だ。飯田さんの表情から察するとそれもありうる。ぼく宛の電話でかなりの衝撃を受けたようだ。

「誰から？　もしかしてぼくの親？」

「ううん、まなちゃん」

飯田さんの優しい声が、ふわりと、ぼくの双子の妹の名を告げた。

「真魚《まな》？　――真魚は何て？」

「それがうまく要約できないの。パチンコで勝って市原《いちはら》くんとステーキを食べに出掛けたんですって」

たしかに真魚の話は要約が難しいが、文章に起こしてみると驚くほど整っていることがある。心半分を何処かに飛ばして思いつくまま喋《しゃべ》っているようで、実は構成が緻密すぎてこっちが気づいていなかっただけということもある。しかも真魚は吐息するのと同じ要領で嘘をつく。やたらとディティルの細かいリアルな嘘をつくから見抜くのが難しい。

「それだけ？」

「それから目の前をバイクが走ってるって」

いつもの真魚らしい展開だ。

ぼくは冷蔵庫から麦茶を出してコップに注いだ。飲み干せば、口腔《こうこう》から工藤の気配がすべて消える。深い酔いから醒《さ》めてゆく。

「他には？」

「あとは、りえが結婚しちゃうって」

ぼくは咳《せ》き込《こ》んだ。思わぬところで思わぬ名前を聞いた。

おそらくこれが、真魚が伝えたかった部分の核だ。

「理恵《りえ》って言った？」

「間違いないと思う」

「ぼくらの叔母だ。母親方が双子の家系で、母親と叔母は一卵性の双子なんだよ。真魚は母親よりも叔母に懐いてたから」

「イサは？　叔母さまの結婚はショック？」

「ぼくはあの女が苦手だからどうでもいい。真魚はそんなに落ち込んでた？」

「泣いてた。歌ってあげたけど電話を切られちゃった」

「歌ったの？」

「だってどうすればいいのかわからなかったんだもの。だから『ときめき大航海』を歌った。私のアイドル時代のデビュー曲。どうしてあんな歌を歌っちゃったんだろう、ほんとバカだ……」

失意に沈む真魚には悪いが、ぼくは吹き出してしまった。

「イサ、笑わないで。真魚ちゃんに謝らなくちゃ、きっと私のこと変な女だと思ってるはず」

「気にしなくていいよ。ぼくから話すから」

ぼくは飯田さんの頭を撫でた。

飯田さんは両の手で顔を覆っている。はらりと髪がこぼれて色っぽい。どうしてこのひとのしぐさのひとつひとつがぼくの心に響くのだろう。

「で、探してた資料本は見つかったわけ？」

飯田さんはこくんと頷《うなず》いた。

「私が暴れて部屋をめちゃくちゃにして飛び出した後、イサがちゃんと片付けて、しかも大事な資料を選《え》り分《わ》けてくれてたのね。ありがとう」

「どういたしまして」

「それで私、そのとき、好きなんだと気づいた。私はイサが大好きなの、ずっと前から好きだった。だから苦しくて嫉妬して、お酒のせいもあって暴れちゃった。あんなこと私初めて。男の人を好きになったのも嫉妬したのも初めて、私の初めての全部があなたなの、どうしよう」

飯田さんは震えながらぼくの手を引っ張った。

「ごめんなさい。イサにキスしてもいい？」

「もちろん」

ぼくは彼女に顔を差し出す。

飯田さんはぎゅっとかたく目を閉じて、ぼくの左頬に唇をぶつけた。

「何してるんだよ。場所が違うだろ？」

「唇は恥ずかしいから」

「いいか？　ぼくとのキスはこうやってするんだ」

ぼくは飯田さんの頭を乱暴につかんで、えぐるようにくちづける。息が止まるような、胸が張り裂けそうなキスをする。何度もする。飯田さんが肩で喘《あえ》ぐ。甘い吐息を漏らす。

「もうやだ。あなた酔ってるでしょう、恥ずかしくて頭がおかしくなりそう」

「もっと恥ずかしいことを何度もしたよ」

「今は告白したあとだから恥ずかしいの。就職が決まった勢いで処女を捨てたときの私とは、今は違う。もう友達じゃ我慢できないから。いろいろ苦しいの、息するたびにどきどきして肺が痛い。好きすぎてつらい」

「飯田さん」

「でも、だからってイサに好きになってもらおうとは思ってない。片思いでいいの。つきあってなくていい。パパとママだって結婚してないんだから大丈夫」

飯田さんの声は震えていた。

ぼくが中途半端な態度をとっているせいで彼女は強がっている。いや、強がっているのではなくて実際に強いのだろう。ふわふわでゆるゆるだけれど、肝心なところが強《きよう》靭《じん》な女だ。

　ぼくがどんな返答をしても彼女の恋情は揺るがない。そんな都合の良《い》いことを確信した。虚勢は張らない、嘘はつかない。飯田さんはそういう女なんだ。

「ありがとう。飯田さんの気持ちはすごく嬉しい」

　体温で気持ちは伝わるだろうか。言葉以上の言葉が伝わるだろうか。ぼくは飯田さんの手を握った。

「不安にさせてごめん。工藤のこともごめん。ちゃんとするから。ぼくも、自分のことも自分の気持ちも。だからもうちょっとだけ時間がほしい、ごめん」

　そう言って飯田さんの了解をもらうのが今夜のぼくの精一杯だった。

　もしかしたら飯田さんの策略かもしれない。

　なぜならぼくは今、戸惑いながらもかなりいい気分になっているからだ。このひとはぼくに心底惚《ほ》れているのだと思い知って脳天がぽかぽかしている。そうやってぼくを調子に乗せているのは飯田さんの手腕だ、無意識なのか計算ずくなのかは知らないけれど。

　だからぼくは悠々と、甘く、余裕をもって恋について悩んでいられる。本来、恋というものは満ち足りた感情で贅沢《ぜいたく》に時間を弄びながら悩むべきものなのだ。

　恋は人生の余白だ。なければ焦る、あれば埋めたくなる。

＊

　久しぶりに葉月先輩の顔を見た。

「おっす、可愛い後輩くん」

　廊下で背中から呼び止められた。この男と漫研の部室以外で会うのは数ヶ月ぶりかもしれない。

　テスト期間だからだ。

　ぼさぼさの長髪にでっぷりとした巨漢。首には薄汚れたタオルを巻いて汗を拭いている。この様子だと就職はおろか卒業するつもりもないらしい。仕事や恋愛に生き甲斐《がい》をみつけてしまうのと同様に、大学生活そのものに長居してしまう人間もいるのだ。

「岸川から聞いたよ、文学部の元アイドルのこと。大学関係のチャット各所で昔の画像を晒《さら》されまくってるらしいけど、犯人は例の一年生で今は学生課も動いてるって。それでおまえと彼女は大丈夫か？」

「ネット界隈《かいわい》は個人的な誹謗中傷《ひぼうちゅうしょう》という流れで自然鎮火しましたから。ぼくも彼女を支えてますし」

「それなら安心した。おまえがシャンとした男に戻ってくれてよかったよ、文字どおりおれが一肌脱いだおかげだと思え」

「お言葉を返すようですが脱いだのはぼくっすよ」

そう返したら、先輩の笑い声が廊下に響いた。

ぼくとあんなことがあった仲だとは思えない。先輩は男性ホルモンが豊富で健全だ。

「おまえは相変わらず生意気すぎ。でも明るい顔に戻ったな」

先輩は腰に手を当て、怒った顔をしているけれど目は笑っている。学校の先生にからかわれているようでくすぐったい。

「どうやら総天然色の世界に生還しました。こうしてみると、葉月先輩の無精髭《ぶしょうひげ》まではっきりと見えます」

「そうか。それなら出席だな」

「八月のコミケですか？　実は帰省の予定が」

「ちげぇよ、今度の田辺《たなべ》と吏子の結婚式。ここ最近のおまえの憂鬱再発の原因はそこだろ、忘れてたのか」

「……ああ」

先輩のご指摘どおり、すっかり忘れていた。

「あいつらはきっとまだ罪悪感で苦しんでる。もう平気ならそう伝えてやれ」

田辺と吏子が結婚式をあげるのだ。忘れていた。あのふたりのことを忘れていたという事実に、ぼく自身が驚愕《きょうがく》していた。

結局、その程度のことだったのか。

胸のなかにずっと置き去りになっていた箱があって、大切なものを隠していたと思っていたのに開けてみると子ども時代に拾った蟬《せみ》の抜け殻だった。そんな心境だ。いまさら取り出してこれが自分の宝物だったのだと思い出してみても、ああそうかとちょっと感慨にふけってまたしまい込むしかない。

もう、どうでもいい。

過去と現在の色彩が入れ替わっていた。

今まではずっと、半年前までの記憶だけが鮮明な世界だった。目の前は灰色だった。でも今は、視界のすべてが生き生きと緑色に輝いて、半年前のことはモノクロになっている。

彼らに訣別《けつべつ》を宣言するにはいい機会かもしれないと思った。

「ところで勇魚《いさな》、たしかおまえ去年小山《こやま》の政治史をとってなかった？」

「何すか。ノートが要るんですか？」

「買うよ」

「残念ですけど、すでに教科書ごと岸川に売却済みです。先輩の今後のご活躍を心よりお祈り申し上げます」

ぼくは片手を振ってみせ、葉月先輩の脇をすり抜けた。

さっそく夕飯のついでに飯田さんに話してみた。

ぼくのバイトが終わった頃に呼び出して、夜更けのファミレスに入った。ぼくは海鮮丼、飯田さんはペペロンチーノを食べている。今夜の飯田さんはコンタクトレンズが目に合わないからと太縁の眼鏡をかけていて、幼く見えて痺《しび》れるほど可愛い。

工藤朝美の逆恨みに巻き込まれてしまった件については、飯田さんは驚くほど平然と構えていた。「馴《な》れてるから平気だし、隠す理由もないし」と笑い、しばらくの間はスルーで大丈夫なのだと言った。現役だった中高時代にはもっと酷《ひど》い中傷を直接受けていたらしいので、彼女はカウンターを繰り出すタイミングを知っている。

飯田さんは人間性の根本的なところが図太い。そうなるようにと訓練された人間だ。たぶんぼくがよりかかっても片手で支えられるだろう。強さというか、度量というか、そういうものが桁違いなのだ。

「あのさ、中退した知り合いが結婚するらしくて、式に顔を出したいんだけど」

「ロマンチックなお話ね。祝福してあげて、ついでにブーケを貰《もら》ってくるといいよ」

「飯田さんも一緒に来てほしい」

「私？　呼ばれてないでしょ」

「披露宴には出ないから。教会で、ただ遠くから新郎新婦を覗《のぞ》くだけ。ぼくひとりでそんなことをしたら、不審者で通報されるかも」

　ぼくはなるべく淡々と話している。

　飯田さんは無言でフォークをくるくる回し、大きく口をあけて麺をほおばった。

　彼女の口が暇になるまでの沈黙が苦しい。冷凍が解けきれずしゃりしゃりになってるマグロが食道に詰まる。水を飲む。

　ビールを頼んでやったほうがいいだろうか。どうでもいいことを思いあぐねていると、ようやく飯田さんが口を開いた。

「その花嫁さんのこと、イサは好きだったんでしょ。だからひとりで教会に行くのが怖いのね」

「……うん」

「おうちのごはんじゃなくてファミレスに呼び出された理由がわかった。また私が嫉妬で大暴れするんじゃないかと心配した？」

「そんなことはないけど」

「しょうがないひとなんだから。ビール！　枝豆も！」

　飯田さんが幼稚園児のように手を挙げた。ぼくは注文用タブレットを操作する。さらにケーキも食べたいというので追加した。

「半年くらい前、ぼくの彼女と友達が退学したんだ。ふたりはぼくに内緒で浮気してた。知らないのはぼくだけだった。結局彼女はぼくの友達を選んだけど、それでぼくは酷く荒れた」

テーブルにはビールのジョッキと少々の枝豆と苺《いちご》のショートケーキが届く。飯田さんは甘い物が大好きな幼い少女のくせに、ビールばかり飲んでいる女子大生だ。

「ぼくは本気であのふたりを殺そうと思った。殺すよりももっと陰険な方法で、社会的に抹殺してやろうと考えた。それでふたりを追い詰めて、退学させて、でも……ふたりは幸せにやってる。みんなぼくに同情してくれたけど、そういうのも苦しくて、ぼくまでサークルや大学をやめるわけにはいかないし、それじゃぼくの完敗だし」

「それで気分転換したくて引っ越したの？　そして隣に私が住んでたってこと？」

言葉にしてしまえば、ぼくの今までの暗黒時代はあっという間だった。飯田さんがショートケーキの苺をつまんで飲み込むまでの、ほんの一瞬の出来事だった。

「辛《つら》かったね。よくひとりで乗り越えたね」

飯田さんが手を伸ばしてぼくの指先を撫でる。

「もう大丈夫よ。これからは全部うまくいく」

「そうかな」

「だから私に任せて。でも約束してね、この仕返しが最後の復讐《ふくしゅう》よ」

最後の復讐って何だろう。

ぼくが視線で尋ねると、飯田さんは口の周りについたビールの泡を豪快に拭った。

「史上最年少の八歳でリトルミスコンテストに優勝した私の実力を思い知らせてあげる。ネットの変態たちは私が十二歳で劣化してアイドルとしては最初から終わってただなんて中傷したけど、これでもまだまだいけるんだから。イサは花嫁よりも一兆倍美しい女を連れて見せつけてやればいい。心変わりした女にはそういう復讐がいちばん効くんだから！」

飯田さんは鼻息を荒くしている。剝《む》き出《だ》しの嫉妬と素直な感情とまっすぐな恋心が照れくさくてありがたい。

ぼくは枝豆をつまんだ。これも冷凍の味がする。

「そうと決まったら近々お買い物にいかなくちゃ。久しぶりに全力で本気と貯金を出す。服と靴も買わなきゃね、それから美容院にも行って髪を巻いてもらおうかな、アクセサリーはいっぱい持ってるから、ティファニーの」

「好きだ」

このタイミングでさりげなく言ってみた。

ひょいと球を投げるように。

「……あは。うれしい。実は私も好き」

「それは知ってる。ぼくとつきあってくれる？」

「うん。つきあう。イサとつきあっちゃう」

告白なんて簡単だった。もったいぶらずにもっと早く言えば良かった。

それからふたりでしたたか酔うと、閉店間際の店を出て生ぬるい夜風に当たりながら帰った。

幸せだった。手を繋《つな》いで、一本ずつ指を絡めて、振り回して笑う。

上機嫌の飯田さんが、深夜の公園で歌とダンスを披露する。記念すべき彼女のデビュー曲、絶望的に売れなかった『ときめき大航海』だ。

ぼくよりも先に真魚が彼女の歌声を聴いたというのが少々癪《しゃく》に障る。

そういえば真魚はどうしているだろう。

真魚が電話をよこさないときには、たいてい、ろくでもないことになっている。

─6.

理恵《りえ》との修羅場の夜からあたしの時計は止まっている。

娘の写真を理恵の彼氏に握らせた。きっと破談になるだろう。もちろん後悔はない。

あれからろくでもない日々が過ぎて、挙げ句、ろくでもないことになった。

夜明けは無味無臭、ここはまるで宇宙の果てのようだ。

「……真魚《まな》。起きてる？　寒くないか」

あたしは薄い掛け布団にくるまったまま、首を振った。自分の髪の匂いがする。夏が来たというのに今朝は静かに雨が降っていて、皮膚がさらさらと冷たい。

でも躰《からだ》を動かすのが億劫《おっくう》だ。

「寒くはない、けど、狭い」

「おれは床で寝るから」

市原《いちはら》がベッドから降りる。あたしはぼんやりと、薄闇に浮かぶ彼の肌を見た。

暗い、暗い、市原の肌。ひとの熱。ひとの呼吸。

なのにあたしは無色透明。あたしはここに存在していないのかもしれない。とっくに死んでるのかも。ありうる。霊魂だけの存在になって、魂ひとつでここを漂ってる。

今のあたしは市原にしか視《み》えない幽霊だ。

それでも感じたくて手を伸ばし、市原に触れた。

最悪だ。

最悪だけどある意味最高だ、最高に笑える。

あたしは市原と寝た。勢いでやった。やっちゃった。超やっちゃった。どうしてこうなったんだろう。畜生。あたしが一睡もしないで窓辺で煙草《たばこ》を吸っていたからだ。それで泣いていたからだ。そしたら隣家の市原がベランダ越しにあたしを呼んだ。市原があたしに好きだと言った。あたしを自分の部屋に誘った。あたしは市原の部屋に忍び込んだ。市原の母親は奥の部屋で寝ている。最初からおかしな雰囲気であっという間にキスしてた。それから風呂場に連れて行かれて、拾われた猫のようにごしごしと洗われて、バスタオルでくるまれて、抱き上げられて、ベッドに転がされた。市原はあたしの口を塞いで「声を漏らさないでくれ」と低い声で警告してからあたしをきつく抱きしめた。なぜだかあたしはそこに甘い欲を感じて目の奥が熱くなった。従おうと思った。だからタオルの端を嚙《か》みしめて悲鳴と嗚咽《おえつ》を堪《こら》えた。ベッドがぎしぎし鳴った。どうよこのなりゆき初体験、なんと生々しくて、泥臭くて、ファンタスティック。

まじでどえらいことになってしまった。

市原は強引だったけど紳士的でもあった。あたしはめちゃくちゃにやられた。躰がふたつに裂けたかと思った。

でも懐かしかった。幼い頃、理恵にやられたときもこんな感じだった。市原に洗われてるとき、理恵から同じように洗われたことを思い出して興奮してしまった。

「馴《な》れてるね。市原」

「ああ。……うん」

市原が小さくこわばる。さっきまでの猛々《たけだけ》しさは何処《どこ》にいっちゃったんだろう、セックスの後の牡《おす》ってこんなしょぼくれちゃうのか。

これがいわゆる射精の後の賢者タイムっていうやつ。

「あたしで何人目？」

「えっ……」

溜息《ためいき》のあと、小さな返事が聞こえた。

「中一から通算してジャスト二十人目くらい。たぶんだけど」

「クソブタ野郎。あたしはあんたが初めてなのに」

「――わかってる。ごめん」

市原の声は小さくて、取調室でうなだれてすべてを自供している殺人犯のようだった。

「あたし、市原がどこの女とやりまくってるとかそういうことにはまるで興味がなかったの。適当に遊んでるみたいだけど特定の彼女をつくったことがないよなあとは思ってたけど」

「おれが最初に自分の性欲を自覚したきっかけは真魚だった。なんというか、小五の夏、なんというか——ある日突然、真魚が急にエロく見えて。ずっと脳内だけで我慢してたのに現実でやっちゃった。おまえの尊厳や人格を踏みにじった。最低だ」

「合意の上だよ。市原は悪くないしあたしはそんなにへこんでない」

あたしはようやく、ずっと感じていた市原の過剰な部分の正体を知った。

市原があたしに向けているのは、友情を越えて溢《あふ》れた性欲だった。愛情ともいう。本当は何となく知ってたけど。ずっと隣に住んでいたのに、小学校から大学まで一緒なのに、肌を晒《さら》してようやくそんな簡単なことに気づく。

「あたしはこれまで誰ともつきあってなかったけど恋愛してないわけじゃなかった。現在進行形で大恋愛してる。あのね、市原。あたし、子どものときからずっと叔母と愛し合ってたの。相手が女のひとで、それで血が繋《つな》がってるから、まあ結果としてちょっと変な風に見えるかもしれないけどそれでもあたしは」

市原は小さく息を呑《の》んで起き上がった。ベッドのあたしを覗《のぞ》く。

「叔母って理恵叔母さんのことか？　どうして、なんで。親は？　勇魚《いさな》は知ってるのか？」

「知るわけないでしょ」

「……真魚ちゃん、辛《つら》かっただろ」

「いやあ実はそれが超幸せだったのよ。でも理恵は結婚するんだって。だからあたしと別れるって。それで今は相手の男の子どもに夢中になってる。あたし棄《す》てられたの。でも、でも理恵が好き、結ばれない宿命の大悲恋なの」

「ごめん」

市原はあたしの額に手を当てた。そして何度も前髪をなぞった。

「おれは真魚の親友なのに、幼馴染《おさななじみ》なのに、気づいてあげられなかった」

くすぐったくて涙腺が緩む。ここ数日あたしは泣き通しで目玉が壊れてる。

「あたしの裸を妄想しながら他の女を抱くのはどんな気分だった？」

答えたくないのだろうか。市原が目に涙を浮かべてかぶりをふる。

「そんなこと言うなよ真魚。おまえを諦めたかったんだ、でも無理だった」

「これからはやりたいときにやってもいいよ。だって、あたしはもう自分の躰なんてどうでもいいから。理恵とやり直せるなら」

「おれがずっと傍《そば》にいる。真魚を守る。二度と誰にも傷つけさせない」

なんだそれ、安い台詞《せりふ》の告白だなあ。

「だっさ」

市原のせいでテンション下がった。むかついた。むしろ怒ったままである。市原が差し伸べてくれた優しい腕をはたき落とす。そういうのやめて。クソ。

哀《かな》しみの即効薬は憤怒《ふんぬ》だ。あたしは舌打ちして煙草に手を伸ばした。

＊

目が覚めると市原はいなかった。ずっと傍にいるなんていったくせにさっそく逃亡か。むかつく。

傷つけちゃったな、唯一無二の大親友を。

あたしは指先で自分の唇に触れた。

これで絶交だ。あっけないもんだ。のろのろと服を着て気配を探ると、一階の奥からおばさんの声が聞こえた。中年女特有の濁った大声で、銀行融資がどうのこうのと仕事の電話をしている。その隙をついて、あたしはこっそり勝手口から出る。不倫相手の自宅から逃亡する女みたいでちょっぴりスリリングだ。

雨は上がっていた。

帰るなり鮎太《あゆた》の泣き声がした。

「あら、こんな朝早くから外に出てたの？　気づかなかった」

ママがいた。鮎太を抱いていた。ママが抱き上げると鮎太はすぐに泣《な》き止《や》む。

パパはすでに家を出てる。しばらくは大きな裁判の準備で忙しいらしい。

「早く目が覚めたからコンビニ行ってた」

まさか娘が初めての無断外泊をしでかしたとは夢にも思っていないらしい。早朝の散歩だなんていうベタな言い訳をママはあっさり信じてくれた。

「あゆぽん、オーハーヨーオ」

あたしはママの腕から鮎太を抱き取った。

近所のひとは鮎太が父親似だというけれど、あたしにはさっぱりわからない。あたしや勇魚と同じ目をしているけれど、いつも口を尖《とが》らせているし鼻も高いか低いかわからない。あまり似てないような気がする。

そしてママの笑顔は、理恵とうりふたつ。出産で痩せちゃったからもうあたしには見分けがつかないや。

あたしは鮎太に顔を寄せた。

赤ちゃんの匂い。乳の匂い。排泄物《はいせつぶつ》の匂い。

「ママ、あたし腹減った」

空腹なんて感じてなかったけど、あたしは嘘《うそ》をついた。

「コンビニに行ってたんじゃなかったの？　パンがあるでしょ、ママ忙しいんだよ」

　ママはあたしから鮎太を奪うと、さっさと行ってしまった。

　あたしはキッチンのサイドボードに食パンを見つける。食べたくない。でも何か胃に入れておかなくちゃ胃液を吐きそうだ。面倒だからそのまま齧《かじ》った。

　廊下の向こうからは洗濯機のグイングインという唸《うな》り声《ごえ》が聞こえる。ママは鮎太をベビーベッドに転がして掃除機をかけはじめた。

「なあ弟よ。お姉ちゃんはさあ」

　あたしはうつらうつらしている鮎太の頭をつつく。

「お姉ちゃんはますます汚れちゃった。もうだめだ。人生おわた」

　働こうかな、と、ふいに思った。

　大学はすでに夏休みに入っている。

　躰が弱すぎるせいで普段はアルバイトなんてやってなくて、大学が休みの間に短期で働いている。

　祖父母や両親という太い臑《すね》が何本もある限りあたしは働かなくても生きていける。でも働かなければ負けた気になる。いや負けたというか、世間一般の女子大生から置いていかれたような気になる。それが怖い。これだけ普通の大学生の日常からかけ離れて浮遊してしまったくせに、やっぱりあたしはせめて外面だけは普通でいたいのだ。

「ママあ」

あたしは廊下を走った。

「ジッちゃんの学習塾、今年も手伝わせてくれるかな」

サイクロン掃除機を転がしながらママが振り向いた。

「んー。お祖父《じい》ちゃんはアテにしてるみたいだけど」

このお祖父ちゃんというのはもちろん、斉藤《さいとう》本家のイヤミ弁護士一族のあるじのことではない。ママの実家こと長戸《ながと》家のジッちゃんのことだ。この辺でいくつも小中学生向けの教室を出している学習塾の理事長だった。

パパは中学生の頃、この塾の生徒だった。それで当時幼女だったママや理恵と知り合ったのだという。いい話だね。

「ジッちゃんに電話してみるから」

「真魚ちゃんあなた躰の調子はどうなの。最近また悪いでしょう？　アルバイトに出るのは良《い》いけど皆に迷惑かけないようにしないと」

「大丈夫。勤労の意欲があたしを蘇《よみがえ》らせた」

「今はママと一緒に家事と鮎太のお世話をしてくれるほうが大助かりなんだけどな」

「駄目だよママ。健全な大学生女子は、女子力とコミュパワーアップのためにアルバイトに励まなくちゃあ駄目なの」

あたしは元気な声で宣言した。

学習塾の本部事務所は始業時間が遅いから、まだジッちゃんは家にいるだろう。たぶん今頃はコーヒーを飲みながら新聞五紙を読み込んでいる。そして高校受験を控えた中学生たちにわかりやすく世界のニュースを解説してみせるのだ。

あたしは健全な会社員にはなれないだろうから、大学を出たらこのままずるずるとジッちゃんを手伝って塾の運営をしたい。ジッちゃんはあたしではなく勇魚を欲しがるだろうけれど、きっと、その野望は叶《かな》わないから。

あたしはジッちゃんの家に電話をかけた。

「もしもしジッちゃん？　おはよう真魚です。ねえあたしバイトしたいんだけど空き枠ある？　何処の教室でもいいよ。……うん、じゃ行く行く。あー。うん。髪の色は何とかする、約束します。じゃ事務所のひとに挨拶しとくからよろしくね」

電話を切って、またママのところに走る。

「ママ、ジッちゃんに電話した」

「そう。入れてもらえそう？」

「小倉《こくら》の周辺はもういっぱいだけど戸畑《とばた》なら入れるって。契約書にハンコ押してシフトを決めてもらうから事務所にいってくる」

「がんばって。躰がきつくなったらお祖父ちゃんに言って無理せずに休むのよ？　また真魚ちゃんが倒れたら理恵叔母ちゃんも心配するから」

その名前を聞いて一瞬だけ世界に色がついたけれど、またすべてしぼんでしまった。

二階の部屋に駆け込んで鏡を覗く。

赤く染めた髪を短く切って黒く染め戻すのが、ジッちゃんが出した唯一の雇用条件だった。もちろん従うつもりだ。主義主張があって髪を赤く染めているわけじゃないからどうでもいい。ただ、黒髪のあたしはなんというか、とても儚《はかな》げで美しくなっちゃうのだ。それでしょっちゅう外で声をかけられるのが面倒くさいからわざとバカっぽい恰好《かっこう》をしているだけのこと。

時間がなかったので、こういうときに使う専用の黒髪ウィッグを装着した。

そうしてヅラかぶりのあたしはママのアクアで国道三号線をひた走り戸畑に行く。

戸畑校本拠地は小さなビルの一階に入っていた。

「斉藤です、優秀な兄ではなく残念な妹の真魚のほうだけど」

「ああ、いらっしゃい。こちらにどうぞ」

ここにはベテラン事務員がふたりいて、戸畑近辺の小さな教室すべての総務事務を担っている。学生アルバイトたちの都合を聞いてシフトを決めるのもこの部署だ。

首からぶら下げた名札には、大場《おおば》と書いてある。二十代後半の優秀な講師であり、この地域をまとめる事務責任者なのだという。それで爪の形がいい。

「大場さんよろしくお願いします」

「よろしくね。今まではずっと小倉のほう？」

「はい、常勤ではなく短期ばかりですけど」

「そっか。今日は私が早出だけど、午後から出てくる伊藤《いとう》さんて女性もいるから見かけたら挨拶しておいてね。斉藤さんのことはさっき理事長から電話があって話は聞いてます。今回もいちおう契約書に押印してもらわなくちゃいけないんだけど、ハンコある？」

「あります」

あたしが鞄《かばん》から印鑑を取り出している間、大場さんはレターケースから契約書類と誓約書を出した。

あたしは中身を読まず、指定された欄に名前と住所を書き込んで押印する。

「それじゃ基本は週三で、小学生の夏期集中講座は午前中と午後の早い時間の授業をお願いすることになると思います。斉藤さんには主に小学生の三・四年生コースを中心に入って貰《もら》おうと思うの。学校の勉強が苦手で遅れがちになってる子たちのクラスだから、易しいレベルのテキストを使って根気強く面倒を見てあげて。やりがいあるよ」

早い話が、受験生のクラスは任せられないということだ。

でもそれは正当な評価だ。あたしはまだまともに子どもたちの相手ができるほど成熟していない。少し虚《むな》しくなって、予習用の小学生向け問題集の束を抱えると事務所を出た。

ああ、久しぶりに勇魚に電話しなくちゃ。バイトするんだよって伝えないと。これでようやくあたしも一人前になれるんだよって威張らないと。

灼熱《しゃくねつ》の路上であたしは苦しかった。でも自分のことが苦しいって思えているうちはまだ救われている。しょうがないな、もう、市原でいいや。SNSをひらいて市原に「どこにいるの」とDMして、束縛癖のある女みたいになっちゃっている自分に苦笑した。

さてと、婚約者に捨てられた可哀相《かわいそう》な理恵を拾いに行く計画をたてなくちゃ。復縁にはタイミングの見極めが肝心だ。

嬉《うれ》しいな。あたし、処女を捨ててバイトが決まったら元気が出てきた。

とりあえず髪を黒に染め直そう。まっとうな大学生になろう。きっとみんなあたしを褒めてくれるだろう。勇魚も喜んでくれるだろう。

裏通りに入って駐車場に向かっていたら、突然、目の前にひょいと黒い影が飛び出してきた。

大きなバイクだ。

「わ！」

あたしはころんと尻餅をついてしまう。頭の黒髪ウィッグが外れて、両腕に抱えたテキストが散らばる。慌てて拾い集める。

「すみません！　お怪我《けが》はないですか！」

男がバイクを停《と》めてすっ飛んできた。シャツ一枚にデニムの軽装で若い。

手際よくあたしの両手両足に擦り傷がないか確認し、「どこか痛みませんか」と訊《き》く。

丁寧で穏やかな口調だ。安心できる。あたしは素直に頭を下げた。

「ごめんなさい、平気です。バイクは関係なくてあたしが勝手にすっ転んだだけ」

「徐行してたけど驚かせて申し訳ない。仕事の当直明けで……言い訳にはならないな」

ヘルメットを外した彼が深々と頭を下げる。視線が合う。

その瞬間、あたしたちは互いを指さしあって悲鳴をあげた。

「うわやっば、盛田《もりた》じゃん！」

「ああ──長戸師長の、姪《めい》の！」

鮎太爆誕の日、中庭であたしの喫煙を咎《とが》めて煙草を奪った盛田だった。こんな再会ってある？　うけるんですけど。

うちにいる研修医じゃいちばん使える子、だと理恵が言ってた。

「盛田はこの辺に住んでるの？　そのバイクださすぎない？　あのときあたしから奪った煙草を返してくれない？」

「そこのマンションに住んでる。俺の愛車はださくない。煙草はやめなさい」

あたしの質問に淡々と答え、ふっと吹き出して笑った。

「ところでどうして俺は呼び捨てにされてるんだろう。君は、ええと長戸さん？」

「長戸は母親の旧姓。あたしは斉藤」

「それじゃ斉藤さんだ。俺は君に敬意を払って斉藤さんと呼ぶ。だから君も俺に敬意を払ってくれる？　いちおう三十路《みそじ》間近で君より年上だと思うんだけど」

「盛田くん」

「せめて盛田先生じゃだめ？」

「主治医でもないひとに先生なんて呼ばないよ。あんたはただの煙草泥棒だ」

あたしの正論パンチをまともに食らった盛田くんは、なるほどたしかに、と神妙に頷《うなず》いた。それからするりとヘルメットを取り出してあたしに渡す。

「とりあえずこれ被《かぶ》って後ろに乗って」

あたしの返事も聞かず、盛田くんは停めたバイクに視線を向ける。

「お詫《わ》びに家まで送るよ。乗って」

なんだその過剰なご親切は。あたしは頭を振った。

「いや。いやいや乗らない。必要ない。あたし車なの、駐車場に停めてるの。そこのビルに入ってる学習塾で夏期講習のバイトをするからそれで母親の車で通勤するの、母親はしばらく車に乗らないし、弟を産んだばかりでそれどころじゃなくて、バスと電車でも通えるんだけど外は暑いから、あたし暑いのが苦手で、虚弱な美女なので、そんなあたしが勤労に励むには塾講師がぴったりで、実は祖父のコネで」

とにかくそういうわけなので！　とあたしが語尾強めに拒絶したのに、なぜか盛田くんは朗らかに笑っていた。

「斉藤さんって、いつもそんなふうに、ぽんぽんと弾《はじ》けるように喋《しゃべ》るの？」

男という生物はみんな、最初はあたしを見て優しく笑いかける。そしてこう言う。

「面白い女の子だな」

ほらね。

「知ってるよ。あたしは面白くて可愛《かわい》い女の子なの、よく言われる」

あたしは渡されたヘルメットを乱暴に突き返して背を向けた。やっぱり男ってみんなクソ。あたしは理恵しか要らない。理恵だけが好き。

―7.

今、勇魚《いさな》と名前を呼ばれた気がした。

そんなはずはない、そんなはずはない。

そんなはずはないのに。

「――吏子《りこ》……？」

間違いない。

いま、ぼくの目の前を吏子が横切った。ちらりと目が合った瞬間に小さく笑って「勇魚」とぼくを呼んだ。

半年前に比べてずいぶんと老いた吏子が通り過ぎていった。

「ん？　イサ？」

背の高い店員と一緒にバッグを選んでいた飯田《いいだ》さんが振り返る。

ハイブランドが並ぶ百貨店のフロアで買い物をしているせいか、今日の飯田さんは普段よりも気合いが入っている。

ぼくは吏子と田辺《たなべ》の結婚式に飯田さんを誘った。ただ教会でそっと覗《のぞ》くだけだと言ったのに、飯田さんは豪華にお洒落《しやれ》をして「イサの元カノ」を仰天させてやるんだと息巻いている。それがぼくの最後の復讐《ふくしゅう》なのだと諭してくれた。

ぼくの恋人は美しくて嫉妬深くて恰好《かっこう》いい。

まずは銀行で預金を引き出し、ぼくでも名前を知っているような高級店をハシゴして一つ一つ買い物をする。最初に買ったのはワンピースとジャケット。デザインはシンプルなのに価格が派手すぎる。普段は北欧風雑貨屋カフェの看板娘で、自然に優しい雑貨に囲まれて丁寧に暮らすのが素晴らしいのよなんていう雑誌ばかり読んでるくせにいきなりの豹変《ひょうへん》だ。

まったくとんでもねえなと視線を逸《そ》らしたところで、ぼくは懐かしい女の姿を見たのだ。

間違いない。吏子だった。

「どうしたの？」

すでに躰《からだ》の半分が動いていた。飯田さんに腕を引っ張られる。

「飯田さんごめん、ぼくは自分のネクタイを見てくるから」

「後で私が選んであげる」

「腕時計も見物したいし。こういうところに置いてあるやつはネットでしか見たこと無いから」

「欲しいのがあったらプレゼントしてあげる」

「無駄遣い厳禁」

ブレイクしなかったとはいえそこそこの仕事をしていた彼女の金銭感覚は、今でも癒えない病のように彼女の奥に巣くっている。ぼくはあっさりと拒絶することで彼女を現実に引き戻す。

飯田さんはしゅんと肩をすくめた。

「ごめん、やっぱりイサは退屈だったよね。私はもう少しここでバッグを見てるから、他の階で好きにしておいで。気に入ったネクタイや腕時計があっても独断で買っちゃ駄目よ。私がデザインの確認を」

「了解」

どうやらぼくが退屈して拗《す》ねているのだと察したらしい。それも半分は当たっているから否定はしない。ピンクのバッグのラメが可愛《かわい》いなんてとぼけた声ではしゃいでいる飯田さんと店員を置いて、ぼくは早足で吏子を捜した。

エスカレーターに乗って上階に向かっている。ぼくも駆け上がり、人の背中を押しのけてようやく追いついた。

「吏子！」

優しく小声で呼び止めようとしたのに、周囲が振り返る怒鳴り声になってしまった。

「……吏子」

腕をつかんだまま、再び、今度はゆっくりと呼びかける。

その腕は記憶にあるよりもずっと細かった。骨だけだった。懐かしい肌触りはすでになく、ぱさぱさだ。

ひと違いだったかもしれない。

彼女はぼくを振り切ろうとしたが、観念して顔を上げた。

「痛いよ勇魚」

やっぱり吏子だった。

半年の間に髪を短く切っていた。それから化粧をしていた。唇が青ざめていた。

こんなに変わってしまっているのに、ぼくは一目で吏子だと見抜いた。

「ごめん、乱暴するつもりじゃなかった」

ぼくは慌ててつかんだ手を離した。握りしめていた彼女の腕が赤くなっていて心から反省した。

「……久しぶり」

「そうだね」

エスカレーター脇の狭い空間にぴたりと納まる。別世界のように時間と音が止まる。

「吏子、元気？」

「うん。勇魚は？」

「申し訳ないくらい元気でやってる。大学も漫研も続けてる」

「よかった」

ぽつんぽつんと言葉を弾く、懐かしい吏子の喋《しゃべ》り方《かた》。はじめて言葉を交わしたとき、シャボン玉みたいな女の子だと思った。

「印象が変わったな。髪切ってるし」

「まあね」

「式に招待してくれてありがとう。吏子と田辺に酷《ひど》いことたくさんしたのに」

「まだ憎まれてると思ってた。勇魚の顔が見たかったのは私のほうなの」

ぼくは不覚にも泣きそうになった。

許しの言葉をもらったわけでもないのに嬉《うれ》しかった。ぼくの人生はきっとこれから全部うまくいく。吏子の優しい言葉ではっきりとそう思えた。

「田辺は？　あいつ今どうしてるの」

「私の実家の、工場を……継いでくれることになって」

「よかった。ぼくが言うことじゃないかもしれないけど」

大丈夫。全部がうまくいく。

もつれていた糸がほどけて、縦と横のあるべき場所に戻っていく。

吏子と田辺が結ばれてよかった。本当に、よかった。心に乗っかっていた巨大な岩が少しずれた。隙間から青空がひろがる。そしたら急に、懐かしさがこみ上げてきた。恋愛とは違う親愛の情が湧いてきた。

「ぼく、つきあってるひとがいるんだ。彼女と一緒に式に行くから。本当は当日ふたりをびっくりさせようと思ってたんだけど。よく言うだろ、振られた相手への最高の復讐は幸せになることって」

「いまバッグを見てた女のひとでしょ」

ふわり。

吏子の言葉のシャボン玉が飛んできて、ぼくの目の前でぱちんと弾《はじ》けた。

「あれって『エルフィン』の飯田さんだよね。手縫いのナチュラル服が似合うきれいなスタッフだって有名だもん、あのひと目当てで通ってるひともいるんだよ。そういえば——勇魚も私と一緒に何度もお店に行ったでしょう？　えっ、やだ、もしかして私とつきあってたときから内緒で彼女と繋《つな》がってたわけ？」

「違っ！」

ぼくはものすごい勢いで頭を振った。どんな言葉で否定すればいいのかわからない。誤解されたくない。誰よりも絶対に吏子にだけはそう思われたくない。

「わかってるよ。勇魚は私と違って浮気するひとじゃないもんね」

吏子は以前のようにちょこんと意地悪く笑った。

ぼくは片手で口を覆う。他人の言葉で飯田さんを語られると照れてしまう。

「勇魚は前よりも痩せてハンサムになったね。また好きになったかも」

「へ？」

「うっそ、ぴょーん」

ぱちんぱちん。次々に言葉が時間差で弾ける。

いつまでもいつまでも、ぼくを振り回すことにかけては天才だ。

「変わらないな」

ぼくは密《ひそ》やかに笑う。吏子も笑う。でもたぶんこれが最後。最高のエンドロール。

「おーい、お嬢さーん。コーヒーカップはどれにするんだ」

食器売り場の物陰から、葉月《はづき》先輩に似た巨漢が手招きしている。両腕に山ほどデパートの紙袋を下げているが文句のひとつもないようだ。葉月先輩よりも年上だがタイプは同じ、聞き分けが良くておとなしい熊のよう。

「あのひと誰？」

「うちの工場のひと。田辺くんが披露宴や引っ越しの準備を手伝ってくれないから、あのひとが代わりに面倒をみてくれてるの。いいひとよ」

「へえ」

「それじゃ。今度は美しい彼女を寝とられないようにね」

吏子は相変わらずの口調でぱちんと会話を打ち切り、細い躰をふわふわと漂わせて男のもとに戻った。男が吏子の短い髪をくしゃくしゃと撫《な》でる。店員はふたりが新婚だと勘違いして愛想笑いしている。

田辺は知っているのだろうか。

とうとう飯田さんが三杯目のビールに手を伸ばした。

今日はどうしても奢《おご》りたいと飯田さんが言うので、彼女が指定した少し高めの居酒屋に入った。すべてが個室で照明が暗い。

でも個室居酒屋でよかった。

ぼくの横には、彼女が買いあさった服や靴やアクセサリーの紙袋が積み重なっている。こんな高級品をぶらさげたままでいつものファミレスや安居酒屋には入れない。

三杯目を飲み始めたということは、あと十分で彼女はデザートを要求して泥酔態勢に入る。今夜はタクシーでご帰還コースになりそうだ。

食べて飲んでいるのに、まだぼんやりと腹が減る。米が食べたい。

「ぼくあんかけチャーハンを追加してもいいかなあ」

「いいよ。私はアイスクリームを食べちゃう」

「飯田さんもよく食べるね。真魚《まな》と正反対だ」

「真魚ちゃんは小食なの？　イサと双子なのに？」

「中学と高校の頃、真魚は弁当を手つかずで持って帰ってた。それをぼくが食べてたんだ。ぼくが帰ったら部屋の机に真魚が置いた弁当箱があって、それが夕飯までの生命線だった。あいつが不登校になってるときはそれが食べられなくて厭《いや》だったな」

と話している間に個室の引き戸が開いて作務衣姿《さむえすがた》のホール係が顔を出す。あんかけチャーハンとアイスクリームとさらに酒を追加する。

「どうして真魚ちゃんと違う学校に通ってたの？　子どもの頃は仲が悪かったとか？」

「本当は一緒に共学の私立小を受験するはずだったのに、真魚がいきなり私立には行かないって言いだしたんだ。それでいろいろあって、結局、ぼくはふたりで受験する予定だったところよりもレベルの高い男子校に通うことになった」

「真魚ちゃんってどんな女の子なんだろう」

ちょっと悔しい。

ぼくはたぶん飯田さんに乗せられている。飯田さんはぼくの口から真魚について聞き出そうとしている。

ぼくと知り合う人間は、皆、妙に真魚の存在を気にする。きっと離れて暮らしている男女の双子という響きがそそるのだろう。性格が悪くて大食いの兄と、虚弱で儚《はかな》くてお姫様のように過保護に育てられた可憐《かれん》な妹。いかにも神話っぽい設定だ。

「イサは真魚ちゃんの画像を持ってないの？」

「妹の写真なんて無……持ってるかも」

そういえば、真魚がシェアしてくれた鮎太《あゆた》爆誕動画に真魚も映っている。スマホを弄《いじ》って見せてやると、飯田さんは「ほう」と生々しい感嘆の声をあげた。

「赤ちゃんも可愛いけど、真魚ちゃんもすっごい美人！」

鮎太を抱いてその頰に唇を寄せているのは、髪を赤く染めた真魚だ。

まるでアニメヒロインのような姿だった。

「こういう顔だから物心つく前から騒動に巻き込まれてばかりだった。町内に不審者出没ってニュースが流れたときには真魚のストーカーだったし、テーマパークに行けばあっという間に知らないおっさんに誘拐されそうになるし」

「私も心当たりがあるから苦労はわかる。モデル事務所からスカウトされなかった？」

「そういうのは本人がまったく興味なくて、写真じゃわからないだろうけど真魚は背が低いし読者モデルなんて雰囲気じゃないよ。でもしょっちゅう盗撮されて親キレまくり。地元ロケの映画に小さい役で出てみないかって誘われたこともあるけど、本人が自分で断ってた」

せっかくの居酒屋個室デートなのに、飯田さんのせいで真魚のことばかり喋らされている。

真魚について語るとき、ぼくは自分の立ち位置がブレるから途中で何とも言えない気分になる。真魚のことが大切で、だけど鬱陶しくて、煩わしいけど放っておけなくて、だけど声をかけようとしたらあいつの傍《そば》には実の兄よりも兄貴っぷりのいい市原《いちはら》が寄り添っていて。

真魚にとってのぼくは何だろう、真魚にとっての市原は何者なんだろうと考え出すとまるでえげつない三角関係に嵌《は》まってしまったかのようできついのだ、いろんな意味で。

「でも私、真魚ちゃんが美人だってことは予想してたよ」

「どうして？　ぼくと真魚は似てないだろ？」

「イサは私と出会ったときから、一度も、私の顔を褒めなかった。普通の男のひとなら、奥さんがいても彼女がいても私の顔をいやらしい目で二度見する。だけどイサは違ったでしょ。ああこのひとは身近に私よりも顔のきれいな女性がいるんだなってすぐにピンときた。だってこの私に一目《ひとめ》惚《ぼ》れしないなんて不思議すぎるでしょ？」

「飯田さんってたまにぼくを舐《な》めた発言するよね」

ぼくはそう言って攻撃したけれど、口調ほど怒ってはいない。じゃれつくようなやりとりだ。

「真魚とぼくは小学校からすでに別々の学校だったから、それほど親密な関係じゃないんだよ。あいつはぼくよりもお隣の幼《おさな》馴染《じみ》とばかり遊んでたし。そのときのぼくの喪失感、想像してみてよ飯田さん。ひとつの子宮から生まれた可愛い妹が、自分よりも隣のクソ男を選んだんだよ？　ありえる？　ぼくは真魚に捨てられたんだ」

飯田さんがきょとんとした顔でぼくを見てる。

ぼくの愚痴をはじめて聞いたから驚いているのだろう。

「真魚は躰が弱いうえにサボり癖があって、受験勉強もしてないくせになぜか大学に進学して、家でぐだぐだ暮らしてるし、あいつ将来どうするんだろう」

「イサは子どもの頃から真魚ちゃんに妬《や》いてたんだね」

「そうかも。本当は真魚に捨てられたんじゃなくて、ぼくのほうから身を引いたつもりだったのかもしれない。あいつの躰が弱い分だけぼくは勉強を頑張ろうと思ったし、相手は妹だしね」

身を引く。

すんなりとそんな言葉が出てきたのは、吏子に会ったせいかもしれない。

そして思い出す。今日の吏子。短い髪と細い躰と、彼女の傍にいた見知らぬ大男。

「イサ？」

上の空になってしまった。視界を整えて飯田さんの姿をとらえる。

ぼくはチューハイをあおり、これでやめておくつもりだったのに焼酎に手を出し、あとは飯田さんの近代日本文学講義を拝聴しながら意識を飛ばした。

一度思い出してしまうともう駄目だった。何度拭っても吏子の背中が頭から離れない。情けないことに今夜はぼくが先に酔ってしまった。飯田さんは小さな躰で大荷物とぼくを引きずり、会計を済ませ、タクシーを呼びとめてくれた。

「たまには形勢逆転も悪くないね。今夜はイサのママになってあげる」

たしかに悪くない。いつも飯田さんがぼくにもたれるように、今夜はタクシーの中でぼくが飯田さんの薄い躰に体重を預けてみる。やわらかい香水を嗅ぐ。

酔っ払ってしまった。

タクシーから降ろした戦利品はいったん飯田さんの部屋に運んだ。

相変わらず、埃《ほこり》と流し台の饐《す》えた匂いがする。明日にでもまた大掃除しなくちゃ。

それから彼女は当然のようにぼくの部屋に上がる。酔った勢いで笑いながらキスを交わし、互いの上着を脱いで、というところで彼女がぼくのスマホの表示に気づいた。

「イサのスマホに着信が入ってる。留守電も」

ぼくはすでに半裸でベッドに転がっており、もう一歩も動きたくない。

「無視でいいよ。誰？」

「いや、……何でもない」

「登録外の番号。心当たりある？」

ぼくらは顔を見合わせる。飯田さんが言いあぐねている一言はぼくが引き取った。

「大丈夫。工藤朝美《くどうあさみ》のことはもう心配いらないから」

「……うん」

「ママあ留守電を再生してよお」

俯《うつぶ》せて枕に顔を押しつけたまま、甘え声で頼む。

「ほんっと、今日はしょうがない勇魚くんですねえ」

飯田さんも軽くノってくれたりして、ぼくの耳にスマホを押し当ててくれた。

『あの、田辺です。悪いかなとは思ったんだけど、スマホを買い替えたんで新しい番号から、たぶん元の番号は着拒されてるだろうけど……、元気かな。それで、ええと、吏子に……最近、吏子に会わなかったでしょうか。へんなこと聞いてごめん。実は吏子が、ちょっと、いなくなってしまって、家族みんなで捜してます。ほんと何といえばいいか……心当たりがあれば折り返し電話ください……、』

ぼくは跳ね起きた。

一瞬で頭の先から爪の先まで冷たくなった。震えた。

呼び出し音を鳴らす。同時に懐かしい声がした。

『はい』

「田辺、ぼくだ」

『留守電、聞いてくれたんか』

田辺の声のトーンが耳に染みた。耳と目は繋がっている。聞こえた声がそのまま涙になってしまいそうで喉に力を入れる。

「何があった……」

『わからない。わからないけどいなくなった。俺、変なこと想像しちゃって、つい、いてもたってもいられずに勇魚に電話してしまった』

「ぼく、会った。吏子に会った」

田辺が息を呑《の》み込《こ》んでいる。

『え？　勇魚、何て？』

ぼくは両手でスマホを握る。

握りしめる。

「今日、ぼくは吏子と会った。吏子と話した」

スマホの向こうでは田辺が我を忘れて何か叫んでいる。そして背後では、駆け出す足音と玄関のドアが閉まる音。

振り返ると飯田さんの姿がなかった。

「あ……終わった……」

ぼくは意外と冷静だった。

あんなに酔っていたのに、もう頭がまっしろで、まっしろを通り越してクリアーだ。

『おい勇魚、終わったって何が！　おまえ吏子と一緒なのか、いま何処《どこ》にいる！』

そうか恋というのはこんなに簡単に終わってしまうものなのか。

『勇魚、今から会えないか、吏子を返してくれ、頼む、頼むから！』

これからは全部うまくいくはずじゃなかったのか。

「吏子は熊みたいな男と一緒だった。親の工場の従業員だって言ってた」

また田辺が叫んでいる。

言うべきことは言った。だからぼくは電話を切った。

——終わった？

冗談じゃない。ここで終わらせるわけにはいかない。

ぼくは服を着て、自分の両頬を叩《たた》き、飯田さんを追って部屋を出た。自然と躰が動いて隣室のインターホンを鳴らす。ドアを叩く。反応がない。

「出てきてよ、話したい！」

しばらく粘ったところでドアが開き、飯田さんが半分だけ顔を出した。大きな目いっぱいに涙を溜《た》めて、鼻を赤くしている。

「急に部屋を飛び出したらびっくりするだろ」

「だって」

泣いていたのだろう。飯田さんはすぐに嫉妬する。そしてすぐに泣く。

「リコさんっていうの？」

「……ああ」

「イサはいつリコさんに会ったの」

「今日。飯田さんがバッグを見てるときに偶然吏子が通りかかったんだ。様子がおかしかったから追いかけて少し話した」

「どうして私に嘘《うそ》をついたの？　どうしてリコさんと話したことを私に隠してたの？　そのせいでさっきあんなに酔ってたのね」

「心配させたくなかった」

「嘘はいやだよイサ」

「ごめんなさい」

ぼくは少し膝を曲げ、飯田さんに視線を合わせた。

「吏子がいなくなったんだ。田辺が必死で捜してる。ぼくに連絡してきたなんてよほどのことだと思う。まだ田辺はぼくを友達だと思ってくれてる。ぼくもできるかぎりのことをしなくちゃ」

説明するのももどかしくて、子どもを諭すように抱きしめる。

飯田さんは涙声で「ごめん」としゃくりあげる。

「また嫉妬しちゃった。今夜は反省して頭を冷やす。自分の部屋で寝る」

「今夜から飯田さんの部屋はぼくの部屋。明日から飯田さんの部屋を大掃除して荷物運ぶ」

「ちょっと待って、いきなり何」

「こっちに住めばいいよ、どうせもう住んでるようなもんだし。要らないものは全部捨てて、身一つでおいで。そっちの部屋はなるべく早く引き払えばいいし、東京《とうきょう》のママの許可がなくちゃ駄目だっていうならぼくが挨拶する。パリのパパの許可が要るならフランス語で手紙を書く」

終えるどころか一歩前進してしまった。

思わず口にした後で、これが一番早い方法だと気づいた。

「イサはいつもそういうことを勢いで決めちゃうんだもん……」

「一緒にいれば、ぼくがどれほど誠実で一途《いちず》な男か理解できるから。傍にいれば嫉妬することもなくなる」

本当いうと、いま飯田さんの傍にいたいのはぼくのほうだった。

飯田さんはきっと、いつものように気づいている。

「リコさんが見つかるといいね。私にできることがあれば何でも言って、でも、もう二度と嘘も隠し事もだめ。いい？」

何度喧嘩《けんか》をしても、手を繋いで仲直り。

飛び出したなら迎えに行けばいい。手を繋いで一緒に帰ればいい。

田辺も吏子とそうすればいい。

——8.

成り行き任せであたしを抱いた翌朝から、市原《いちはら》は家出している。

あたしが彼を傷つけたからだ。彼の真摯な恋心を受け取らなかったからだ。

事情を知らない隣家のおばさんは「どうせオンナのところでしょ」と気にしていない。

放し飼いの犬を語る口調で、そしてそれは偶然にも正解だった。

なぜなら家出した市原は、彼が中一の五月に童貞を捧《ささ》げたという藤谷《ふじたに》さんとやらのところにいたからだ。

その女があたしに電話をかけてきて、市原を迎えにこいと命じた。

もちろんあたしは無視したんだけど、あまりにもしつこいから仕方なく指定された場所に出向いてやった。

ほんとうに、もう、ばかばかしい。

「ちょっと、斉藤真魚《さいとうまな》ってあんたのことよね？」

呼ばれたけれどあたしは返事したくない。

ここは修羅場の地獄谷。灼熱《しゃくねつ》初夏の住宅街、夜更けの小さな公園だ。街灯ひとつが満月のように輝いて、その周囲に蛾《が》が群れている。

　顔中にピアス穴を開けている金髪のギャルが、ぶっきらぼうにあたしの名を呼び、目の前に市原を突きだした。

「ほれ、おたくの迷いワンコ。とりあえず預かっただけで指一本触れとらんよ」

　シャツから覗《のぞ》いた二の腕には楔形文字《くさびがたもじ》のようなタトゥー。どこの国の言語だかは知らないが、今の彼氏の名前を彫っているのかもしれない。

　しょんぼりと俯《うつむ》いて幼稚園児のようになっている市原よりも、この女の金髪やピアスやタトゥーが気になる。

　市原はこういうのが趣味なのか。

「とにかく斉藤さんさあ、さっさと市原を引き取ってよ。いきなりウチのところに転がり込んでびいびい泣きよるし、口を開けば真魚がどうのこうのってうるせえし」

　彼女は市原の尻を蹴飛ばした。

「あ、斉藤さんタバコ持っとる？」

「さしあげます」

　あたしは封を切ったばかりのひと箱をまるごと放り投げた。サンキュと藤谷さんは顎をスライドさせて会釈すると、あとは市原を無視して煙草《たばこ》を咥《くわ》え、ノーヘルのままバイクの爆音を響かせ走り去ってしまった。

残されたのはあたしと市原。

市原は犬のような濡《ぬ》れた瞳であたしを見ている。大きな躰《からだ》と大きな両腕。よく灼《や》けた肌と太陽の匂い。正直いって懐かしかった。

「ごめん。真魚に合わせる顔がなくて、告白して怒らせたし振られたわけだし、絶交宣告だと思ったし、あれから考えれば考えるほど怖くなって、消えようと思って」

「とりあえず帰ろう。煙草を買うからコンビニつきあって」

「真魚、真魚、髪の毛が黒くなってる！　黒髪可愛《かわい》い！　最高！」

「ん……バイトはじめたから、って待て、待って！」

市原がいきなり抱きついてきた。大型犬が主人をべろべろ舐《な》めるように、全力でキスしてくる。何度も何度も。背中から両腕ですっぽり抱きしめられて久しぶりに市原の汗の臭いを吸ったら、なぜか胸がきゅんとした。

「わかったから、はやく帰ろ……コンビニ寄って煙草……」

「真魚好きだ。やっぱり、好きだ」

「ああ、ああ、もう、やめ、だめ」

「迎えに来てくれてありがとう。愛してる」

「どういたしまして。でもあたしは愛してないよ」

無精髭《ぶしょうひげ》の頬ずりを受けながら、あたしは愛情について考える。

あたしが定義している愛情と市原が定義している愛情の違いについて考える。

夏の夜風が吹き抜ける。コンビニで煙草を買って市原に奢《おご》らせた。そして何となく市原の部屋に運ばれて、一緒に寝た。二度目の経験はもう言い訳ができない。市原とは一生親友でいたかったのに。あたしたちの友情はすでに奇麗事として夢幻の彼方《かなた》に消えていった。

一方、塾のアルバイトは順調だ。

自慢じゃないけど黒髪のあたしは白くて細くて美しくて、しぐさがキュートで可愛い。おかげで同僚たちは最初からあたしに馴《な》れ馴《な》れしかった。飲み会には二度参加した。すでに男も女も全員あたしに惚《ほ》れていると思う。きらきらと愛想よく笑って、ひとを惚れさせるのは嘘《うそ》をつくのと同じくらい簡単なこと。

そして優しい口調で親しげに語りかければ、小学生たちだってイチコロだ。

「斉藤先生お疲れ様です。はい麦茶」

事務の大場《おおば》さんともすっかり打ち解けた。授業が終わったら日誌を書いて雑用を済ませ、点数表の作り方を彼女からゆっくりと習う。

「斉藤先生は子どもたちに大人気ね。成績下位クラスはまともな授業にならないのに、今年のクラスはみんなあなたに懐いてる。いつも授業の後半で面白い話をしてくれるから楽しいってアンケートにあったけど、どんな話をしてるの？」

「適当に、その場で考えた話です。妖怪の話だったり、恋愛ネタだったり。あたし、嘘をつくのだけは得意なんです。ありもしない話だったらいくらでも話せるの」

「児童文学でも書いてみたら？」

大場さんの勧めはたぶん社交辞令だった。

でも、あたしの胸にざらりと引っかかる。

「そういえばあたし、中学のとき新聞社コンクールの佳作をとったことがあります」

「あら本当に？　凄《すご》い。小説家を目指しているの？」

「今は書いてないですよ。……あれ、カーソルが動かなくなった」

「エスケープを押してみて」

大場さんが横から手を出して左上のキーを押した。そのついでにあたしの指を撫《な》でる。

「きれいな指ね、お姫様みたい。ねえこれ着けてみて」

大場さんは自分の指輪を抜いてあたしに差し出した。あたしの薬指にぴったりだ。優しい色のアクアマリン。

「その指輪、さしあげましょうか」

「いらないです」

「そんな顔しないでよ。べつにそういう意味じゃないから」

大場さんは思わせぶりな顔でひっそりと笑い、あたしが返した指輪を自分の右薬指におさめた。

「小説を書いてみてよ。書き上がったら読んであげる。これは勘だけど、斉藤先生は才能あると思うな」

あたしに興味を示す大人たちの「秘めたる恋心を察しなさいよ」的な態度、苛々《いらいら》する。でもここをうまく乗り切れば、ずっとこのアルバイトを続けていける。パパもママも勇魚《いさな》も、きっと理恵《りえ》もあたしを見直して褒めてくれる。

そうだ、理恵。

そろそろ彼女も地獄であがいている頃かな。

会いたい。会いたい。会いたいな。だけどもう少し我慢、我慢。


鮎太《あゆた》が泣いている。

ミルクが欲しくて泣いているのか、おむつを替えて欲しいのか、それともうまく寝付けずにぐずついているのか。

ママはそれを経験と本能で聞き分ける。

「ああそうだね今日も蒸し暑いよねえ、――真魚ちゃんおかえり！」

「ただいま」

鮎太を抱いたママはマリア様みたいだ。

こんなふうにママも昔はあたしを抱いたのかな。ママと同じ顔をした理恵もあたしを抱いたのだろうか。

ああ、なんだかよくわからなくなってきた。

「さっき、パパから電話があったの」

「ん？」

「ほら、広島《ひろしま》の件。お兄ちゃんがちっとも連絡してこないからパパがますます怒っちゃって、ちょうど岡山《おかやま》で出張の仕事があるからそのあとで寄ってみるって言ってたでしょ。それで今朝仕事を片付けてから抜き打ちで行ってみたんだって。そしたら」

「パパはびっくり仰天したんでしょ？　勇魚が女と同棲《どうせい》してたから」

あたしが鮮やかに話のオチを奪ってみせると、ママは目を丸くして鮎太を抱え直した。

「真魚ちゃん知ってたの？」

「一応双子だから。パパは何て？」

「それがお兄ちゃんはマンションの部屋にいなかったらしい。行方不明の友達を捜してるんだって」

「なにそれ」

「あらこれは知らなかった？　一応双子じゃなかったの？」

「それじゃパパは勇魚の留守中にあいつの彼女と鉢合わせたってこと？」

いや突っ込みどころは果たしてそこだろうか。

消えた友達を捜し回っているというのはどういうことだ。うらやましいほど勇魚の大学生活は波乱に満ちてて、ベッタベタな青春ドラマみたいだ。久しぶりに勇魚の後輩キッシーに絡んで情報を流してもらおうかな。でもあいつ面倒くさい。

「それでパパはどうしたんだって？」

「そりゃ女の子をいきなり怒鳴りつけるわけにもいかないから、とりあえずお茶に誘って詳しく話を聞かせてもらったそうよ。弁護士だからそういう尋問はお手の物ですものね。文学部の四年生で、就職先も決まってて、パパが言うには化粧っ気がなくて地味なのにはっとするような美人なんですって。話し方もきちんとしていたし、パパが意地悪な質問をぶつけても、受け答えが上品で完璧だったって。目上との会話に馴れてるというか、学生にしてはすでに大人社会を知ってるような、……つまりパパはそのお嬢さんに懐柔されたってこと！　相変わらずちょろい浮気男なんだから！」

やけくそのような居直りのような、嫁を妬む姑《しゅうとめ》のような、とつぜん降って湧いた息子の恋を認めたくはないような。

そんな複雑な顔でママは頬を膨らませる。

「そりゃ勇魚の父親だもん、いくら弁護士でもパパに勝ち目はないよ」

「真魚ちゃんはお兄ちゃんの彼女を知ってるの？」

「電話でちょっとだけ話した」

「ママはそういう女の子は大嫌い。結婚前なのに彼氏の部屋に居候したり客の相手をしたり、順番がおかしいでしょ、順番が！」

「で、若い女に遭遇して浮気性の悪いクセが疼《うず》いたパパの失態はそれだけ？」

「まだある。ぜひ勇魚と実家に遊びにおいでと握手をかわして、勇魚と鰻《うなぎ》でも食べに行きなさいとお小遣いまで渡しちゃったんですって。最低よ」

あたしは吹き出した。

パパは勇魚を叱るつもりで訪ねたのに、本人は不在で留守番していたのは同棲中の恋人。こんな危機的状況から勇魚の彼女は逆転勝利を収め、鰻代まで手に入れたという。いったいどんな戦術を用いたのだろう。赤壁《せきへき》の戦いで風を呼んだ孔明《こうめい》みたいだ。

さすがは女神様。

「年上の女子大生と同棲なんて、お兄ちゃんらしくないよ。お兄ちゃんは大学生になって変わっちゃった。ママ悲しくて、悔しいの」

ぽつんと、ママは言った。

「ちゃんとママが傍《そば》で見てあげられなかったから、悪い女にころりと騙《だま》されちゃって」

ママはいつも、勇魚のことを話すときは零《こぼ》れるような笑顔で「お兄ちゃん」と呼ぶ。勇魚に期待して、ときには勇魚に裏切られ、それでもまた期待を込めてお兄ちゃんと彼を呼ぶ。

　そして彼の恋人を、悪い女だと罵る。

　……あたしが中学や高校で男たちから追いかけられてたときには、ちっとも心配しなかったくせに。あたしを守ってくれたのは市原だけだった。あたしが害虫に追い回されるのはよくて、勇魚が汚されるのは駄目なのか。

　突然、腹が立った。

　あたしは猛然と腹を立てた。

「ねえママ」

「はあいわかってるって、冷蔵庫にゼリー入ってるよ」

「ママは、あたしと、勇魚と、鮎太の、誰が一番大切？」

「やだあ、なにそれ」

「答えてよ！」

「ママは三人ともみいんな同じくらい好きよ」

　好きよとつきだした唇が理恵と同じだった。

　同じ顔、同じ髪型、同じ声。ここにいるのが誰なのかわからない。理恵なのかなあ、理恵なのかも。もしかしたらあたしのママって理恵なのかも。

　そうだといいな。ママが理恵で理恵がママならよかった。

ああ。そうだとよかったのに。

「あたしは、勇魚よりも鮎太よりもパパよりも、家族で一番ママが好きよ」

「まあそうなの、ありがとう」

「本当なんだから！」

だからといって、それが何になるというんだ。

あたしは二階に駆け上がる。一番上の段に左の爪先をぶつけた。痛みで躰が痺《しび》れた。

「ママ、足打ったあ！」

怒鳴ったら一階で鮎太が泣き出した。

「爪の先が剝がれた、血が出てきたあ！」

あたしが叫んで鮎太が慟哭《どうこく》する。

「いたいよう、いたいよう！」

こんなに訴えているのに、ママはずっと鮎太をあやしている。

「痛いよママ、痛いよママ、痛いよう……理恵たすけて……」

二階の廊下に転がったまま、拳で何度も壁を叩《たた》いた。

死にたい。死んでやる。

そうだ死ぬ前に、この爪先を市原に舐めさせよう。あたしは部屋を這《は》い、窓を開けて、
大声で隣の市原を呼んだ。

また市原はいなかった。バイトか。サークルか。

あたしを愛してるって言ったのに。

煙草に火をつける指先が震えてる。

なんであたしがこんな目に遭うんだよ。あたしは真魚姫。足をなくした人魚姫。だからまっすぐ歩けないんだよ。素直に喋《しゃべ》れないんだよ。

――9.

最初から吏子《りこ》は奔放な女だった。

ぼくとつきあっていた時から田辺《たなべ》と二股をかけていたけれど、他にも、彼女と「遊んでいる」男は多かった。

吏子は遊んでいるだけよと言った。

ご飯を食べただけ。送ってもらっただけ。本を借りただけ。講義室で隣に座っただけ。ノートを借りただけ。映画を観に行っただけ。女友達と同じように遊んでいるだけなのに、どうしてそんな心配をするの？

――『嫉妬は醜いなあ。やめてよね、勇魚《いさな》』

ふわりと投げたシャボン玉が弾《はじ》ける。吏子は優しいけれど辛辣で、地味なようでいて奔放で、つかみ所のない、それはそれは魅力的な女だった。

ぼくを振って田辺を選んだときも、彼女は照れ笑いをしながら、

――『ごめんねえ、これも縁がなかったと諦めて、ね！』

そう言って片目を閉じてみせ、わざとらしくぼくを拝んだ。

この女を殺してやりたいと本気で憎んだ。

作業服のまま工場から飛び出してきた田辺が見える。工場の駐車場に車を停《と》めていたぼくは窓を開けて手を振った。

「ぶっ殺してやる」

ここはふだんぼくが生活している圏内から少し離れた地域で、小さな町工場が並んでいる。田辺はぼくの姿を見つけ、とにかくぶっ殺してやると大きく吠《ほ》えて助手席に乗り込んだ。

「物騒だな。荒れるなよ」

「荒れ荒れで何が悪い。なんだよ勇魚、いい車に乗ってるな」

「彼女の車を借りた。時間はいいのか？」

「ああ昼休み。っていうかもう今日は早退するからいいよ。急に呼び出してごめんな」

「ほいよ」

ぼくは田辺にミネラルウォーターのボトルを渡す。

あざっすと懐かしい口調で礼を言い、田辺は一気に飲み干した。

「生き返った！」

大学を中退した田辺は、吏子の実家が経営している町工場で働いていた。

凡庸な眼鏡男が半年の間に社会人として覚醒している。ぼくが知っていた頃よりも一回り大きくなり、眼光が鋭くなっていた。作業服を着ているものの、田辺がやっているのは主に営業と経理だ。さらに、技能資格を取るために近々職業訓練校に通うという。そうして工場経営の現場と営業を学んでやがて次期社長になるのだ。

という予定だった。つい先日までは。

「警察は？」

田辺は小さく頭を振った。

ぼくが吏子と再会した日、彼女が「親の工場の人間だ」と言っていたあの大男は、工場とは何の関係もなかった。

「というか周囲には俺のDVがあって逃げたんじゃないかって疑われてる。今はちょっと探偵を頼むような雰囲気でもないし参った。煙草《たばこ》吸っていい？」

田辺は煙草を吸うようになっていた。真魚《まな》が吸っているのと同じやつだ。

「式と披露宴が中止になったから余計な金がかかったし、年寄り連中は怒り狂ったし、それでキャンセル料のこともそうなんだけど、婚約不履行で慰謝料を払えって俺の両親が言いだして、今は俺と吏子の親同士がぐだぐだに揉《も》めてる。そうなっちゃうと俺も工場には居づらいし、だからってこんな事情で実家には帰りたくないし。というわけで悪いが駅まで送ってくれ。これから香川《かがわ》に行く」

「香川？」

いきなりの地名だった。

香川といわれても海を隔てた讃岐《さぬき》うどんの町という認識しかない。

「勇魚が見た熊男と吏子、香川にいることがわかった」

「何でまた香川なんだよ」

「吏子のオカンが日記帳の鍵を見つけた。吏子は小学生のときから南京錠《なんきんじょう》のついたデカい日記帳を使ってるんだ。あいつの両親はずっと彼女の部屋でその鍵を探してたんだけど、箪笥《たんす》の中、下着を入れてる引き出しの奥に隠してあったらしい。俺はあいつのネット関係のIDとパスワードを推理しまくるのに必死で、手書きの日記帳があるなんて想像もしてなかった」

田辺はいったん言葉をとめて、ふう、と白い溜息《ためいき》をついた。

窓の外は夏の光が飛び跳ねている。

「吏子は大学をやめてからネットばかりやってたんだけど、イラストを描いて同士の仲間とSNSで交流してるだけだっていうから安心してたんだ。だけどそこで知り合ったのがあの熊男で、長期出張とやらで香川からこっちに出てきてたらしい。吏子は何度もそいつの滞在してるホテルに通ってた。日記にたびたび出てきた熊男のニックネームですぐにSNSのアカウントが割れた。熊男が通勤中に撮って貼ってた画像の背景をグーグルアースとつきあわせて住んでいる町の目星がついた」

なんという執念。

吏子はメモ魔だった。授業態度はふざけているくせに、講義のノートだけはきちんと取る女だった。そういえば手帳も真っ黒だった。講義前やちょっとした空き時間になると、スマホではなくお気に入りの手帳を広げていた。

浮気相手の名前まで詳細に記入した日記を実家に忘れていった吏子も間が抜けているが、彼女のネット上の痕跡を探ろうと奮戦していた田辺も、彼を含めたその周辺もどうしようもなく頭のゆるい連中ばかりだ。ぼくもその一員。

「普通さあ、家出するならそういう日記は処分していくだろ？　これは何かの罠《わな》なのか？　確実にミスリード狙いのクソトリックだろ？」

普通の女ならばという常識や、今までの女ならばという経験をすべて吹き飛ばしたところにいるのが吏子という女だ。

「吏子はタイフーン級のバカだからな。もう何を言われても驚かないよ」

ぼくが車の天井を仰いで呟《つぶや》くと、うん、と田辺は頷《うなず》いた。

「バカは死ななきゃ治らないっていうし、ちょっと香川で殺してくるわ。吏子と熊をぶっ殺す」

これで本日最初の咆吼《ほうこう》に繋《つな》がるわけだ。

ぼくは車を出した。何となく大通りを走らせながら田辺に左手を差し出す。

「一本くれ」

「おまえ吸わないだろ」

「一本くれたら昼飯を奢《おご》るよ」

「ありがたい」

田辺は煙草に火をつけて一口吸ってから、運転中のぼくの口に突っ込んだ。煙草は久しぶりでやっぱりぼくの味覚には合わない。

洒落《しゃれ》た店は思いつかなかったから、勤め人たちがところ狭しとカウンターに集う蕎麦《そば》屋《や》に入り、ふたり並んで天ぷら蕎麦を食べた。

何もなかった頃に戻った気分だ。

吏子がいなくなったせいで、ぼくと田辺は昔に戻れた。昔と呼べるほど過去のことではないけれど、遠く過ぎ去ったはずの景色がもう一度目の前に現れた。

心地よかった。

この数日、時間をつくっては田辺と通話して、吏子の悪口を言い合いながら酒を飲んだ。飲みながら吏子失踪の手掛かりを推理した。ふたりの記憶を照合しながら吏子を中心とした相関図を作り、吏子の浮気相手の名をあげていった。その中には漫研のメンバーや院生も入っている。まったく生まれつきの男たらしで最悪の浮気女だ。

田辺と話して、笑って、罵り合って、現実に疲れたら昔に戻ってとりとめもない雑談をする。そして田辺はときどき泣いた。ぼくも貰《もら》い泣《な》きした。

今、田辺がこれから香川に押しかけて吏子と男をぶっ殺すと吠えたとき、それじゃ田辺と再び過ごしたこの日々も終わるのだなとぼくは考えた。

蕎麦を啜《すす》りながら口数が減ったのはそのせいだ。

「勇魚は、今の彼女とどんな感じ？」

「一緒に住むことにした。吏子のことで心配かけたくないから」

「そっかあ。やきもち焼きの年上女って、なんだかエロくていいな」

「でもキレたら面倒臭い。それさえなければ、ぼくにはもったいない」

田辺は海老天《えびてん》の尻尾まで食べてしまう。ぼくは尻尾は食べない。しょうもないところに目がいって、しょうもないことを記憶に残してこれから別れる。

ぼくにとって田辺という男はいったい何だったのだろう。そして田辺のなかでぼくはどの位置に存在していたのだろう。

結局店にいたのは十五分程度で、あとはたいした言葉もない。

ぼくはこれから、馴《な》れない運転で田辺を駅まで送り届けるのだ。

「そのまま行くの？　荷物は？」

「要らない。すべては風の吹くままだ」

作業服の田辺は朗らかにそう言い放った。こういう、とつぜん恰好《かっこう》をつけてポーズを決めるのが田辺の欠点だ。

本当に、ぼくも吏子もおまえも、ばかだ。

ぼくはよろよろと運転して銀行に寄り、自分のキャッシュカードで十五万を下ろした。銀行の名が入った封筒に入れて、その裏に住所を書いたら少し落ち着いた。

車に駆け戻り、田辺に手渡す。

「これ、貸す」

「何だよ無理。金ならあるし貰えない」

「向こうで長期戦になるかもしれないし」

「でも無理。そもそも勇魚は学生で俺は社会人だよ。なんで俺がおまえに借金しなきゃならないんだよ」

「今まで言わなかったけど、ぼくの年上彼女は実は元美少女アイドルで、親も金持ちで、かなり貯蓄してる。ぼくが頼めば何でも買ってくれるし、いくらでも金をくれる。だからぼくは自分の金には執着してないんだ」

田辺は助手席で目をぱちくりさせる。

ああう、と暢気《のんき》な声で唸《うな》り、ぼくの瞳を覗《のぞ》き込《こ》んだ。

「いや勇魚、いくらなんでもその設定は無理。失恋した後に元アイドルの令嬢と出会ってつきあってるなんて、そんなのエロ漫画でも全没だ」

たしかにぼくと飯田《いいだ》さんはエロ漫画みたいな関係だ。でもこれは本当なんだ。信じてもらえないだろう。ぼくも最初は彼女の話を信じていなかったから。

そしてぼくと田辺は、「いいからいいから」「いや無理だから」と金の入った封筒を押しつけ合ったが、最終的にはぼくが勝利した。

「それじゃ念のため借りるけど、すぐに全額返すから」

「当たり前だ。すぐ返せ。袋に住所を書いてるから、すぐにここ宛に送れ」

「金には執着してないんじゃなかったのか」

笑った。

田辺と一緒に笑うのはこれが最後だと覚悟した。

吏子の不貞のおかげで最後に楽しい夢をみた。

ゆっくりとゆっくりと、丁寧に、自動車学校で習ったとおりの速度で駅につく。もったいない時間が終わる。

「それから田辺、念のために言っとくけど……」

「ああわかってる、ぶっ殺さないから。吏子は俺がつかまえる。熊は山に追い返す。だからもう心配ない」

田辺がぼくの肩を叩《たた》いた。

「俺ね、勇魚と『兄弟』になれてよかった」

「おまえばかじゃねえの。こんなときにさりげなく下ネタを挟むなよ」

「二度と会えなくても俺たちはずっと友達だ」

「困ったことがあったらいつでも、」

「悪いけど俺からは連絡しないよ」

また恰好つけやがってと言い返そうとした隙を突き、田辺はひらりと車を降りていった。

行ってしまった。振り返りもせずに。


ぼくはマンションの部屋に戻った。

飯田さんが食卓で頭を抱えていた。床にはいつものように彼女の卒論資料が散らばっている。

「た、だ、いま」

彼女がうたた寝しているのかと思って、背後からそっと声をかけてみる。

「イサ。やばい」

飯田さんは昼寝中ではなく、起きていた。

頭を抱えたその視線の先、テーブルの中央には一万円札が二枚ある。

「そのお金どうしたの」

「このお金で私とイサは特上の鰻《うなぎ》を食べに行かねばなりません」

「意味わかんないんだけど」

「今日ね、あなたのお父様がみえたの」

「は。——はあああ？」

子どものような悲鳴をあげてしまった。

一万円札を二枚、手に取る。肖像画を透かしてみるが、もちろん正真正銘の日本銀行券だ。

「父さん、今日、来たの？」

「いきなりだった。私は油断してた。イサが帰省をキャンセルした件でお父様がずっと怒ってるって聞いてたし、……ここじゃ何だからって外に出てコーヒーを奢ってもらっちゃった。弁護士のバッジかっこよかった。イサはお父様似だね」

「そういう情報はいいから。それで、父さんは何て」

「ふたりで鰻でも食べなさいって」

「だからどうしてそんな話になったわけ？　何から何まで端折《はしょ》りすぎだろ」

ぼくは一万円札を鼻先に持ち上げ、もう一度、紙幣越しに飯田さんの姿を睨《にら》む。

「もしかして、うちの父さんがこれを手切れ金にして別れてくれって飯田さんに投げつけた、とか、そういうことじゃないよな？　っていうか鰻って何？　ぼくの大好物なんだけど」

「うん。真魚ちゃんは生まれつき内臓が弱くて油ものをたくさん食べられないから、鰻を食べるときにはいつもイサが取り上げたんですってね。お父様が仰《おつしや》ってた。イサは子どもの頃から大食いで」

「だからそういうほのぼの情報はいいんだってば」

どうやらぼくの父親がここを訪れたことは間違いない。連絡なく来たということは、抜き打ちでぼくのねぐらを襲って説教するつもりだったのだろう。

昨日の夜にでも真魚が教えてくれたらよかったのに。

あのお喋《しやべ》りで仰々しい真魚が何の連絡も寄越さなかったということは、両親から口止めされていたのか。

「たしかにお父様はびっくりなさってたけど、私、イサとのことを隠さずに全部話したの。そしたら理解してくださった。私がイサの彼女でよかったって。合格だって」

合格って何だよ、つまりこの二万円は賞金というわけか。

ぼくはゆっくりと一万円札をテーブルに並べた。

「でも、お父様をお見送りしてひとりで考えてみた。私、イサの奥さんでもないのにお小遣いまで受け取ってしまって、これってやばくない？　同棲《どうせい》ってやっぱり印象良くないはずだし調子に乗りすぎたかも。自信たっぷりにイサへの愛を語り倒しちゃった！ああ、恥ずかしい。やばい。やばすぎるよう」

飯田さんは、最近、夏の熱気に負けて髪を切った。

肩で揺れているさらさらの黒髪と、斜めに流してピンでとめた前髪。俯《うつむ》いた表情と利発でチャーミングな瞳は、ぼくの父親が宇宙一の美女として信仰している若き日のオードリー・ヘプバーンにそっくりだ。

なるほど勝利条件は揃《そろ》っていた。

ぼくの父親は、飯田さんの姿を一目見た瞬間に自滅したのだ。

「飯田さん、髪を切って正解だったね。じゃ今夜行こうよ」

「行こうって、何処《どこ》に」

「父さんがくれた二万円で鰻を食べに行く」

「だけどこれはお返ししなくちゃ。いただけないよ」

「それじゃこうしよう。盆に帰省するから飯田さんも一緒に来ればいい。父さんにはそのときお礼として土産を渡す。はい決まり」

「また勝手に決めちゃうんだから！」

飯田さんが立ち上がり、ぼくを見上げる。

「麦茶、飲む？」

まだ夜の外食に出掛けるには早すぎる。

「飲む」

夕暮れを待ちながらふたりで麦茶を飲み、時間を過ごす。

飯田さんは洋楽を鳴らしながらパソコンを触りはじめる。いつものお勉強タイムだ。

ぼくは岸川《きしかわ》に借りたきり長いこと放置していた『ポーの一族』の続巻を手に取り、ベッドに寝転がった。

でも内容が頭に入らない。ぼくは漫画を読んでいる場合ではなかった。

「飯田さん」

ぼくが呼ぶと飯田さんはキーボードから指を離す。

「なに？　いま手が離せないから麦茶のお代わりは自分で」

「吏子は新しい男と香川に逃げてた。今日、田辺が追いかけていった。ぼくはあいつと蕎麦を食べて、金を貸して、駅まで送った。田辺は吏子を奪い返すって約束してくれた」

「そう」

「田辺とまた会えて嬉《うれ》しかった。吏子を捜すためだって自分に言い聞かせてたけど、本当は楽しかった。はじめから吏子がいなければ、ぼくと田辺は今でも毎日仲良く過ごせてた。どうしてこんなことになったんだろう」

そしてそんなことを思っていた自分が情けない。飯田さんにしか言えない。

「ぼく、田辺とはもう二度と会えないような気がするんだ」

飯田さんは否定しなかった。ベッドに近寄って、寝付きの悪い子をあやすように、ぼくの前髪を指先で梳《す》く。

「そうだとしても、あなたたちが友達だってことには何の変わりもないでしょう?」

田辺もそう言った。

ぼくもそう思ってる。

飯田さんに宥《なだ》められながら、躰《からだ》を丸めて嗚咽《おえつ》した。

——10

鮎太《あゆた》は眠ってばかりいる。眠っているのと死んでいるのとは紙一重の違いだ。浅い小川の彼岸と此岸《しがん》だ。

ぴょんと飛び越えれば楽になれるのに、わかってないんだよなあ。

虫みたいに生きてる。

非生産的な呼吸を繰り返してる。

まだ生きてるんだ、しぶといなあ。

「——真魚《まな》！」

背中をどつかれ頭をぶん殴られていた。

「何してるの！」

あたしはあっさり倒れてしまう。ごろんと転がり床で頭を打った。でも痛くない。斜めの視界でママを見上げる。

「鮎太が暑いだろうから、濡《ぬ》れティッシュで顔を拭いてあげてた」

「ばか！　こんなもの赤ちゃんの顔に被《かぶ》せたら死んじゃうよ！」

ママは甲高い声で叫び、鮎太の顔から取りあげたティッシュを投げ捨てた。

「ごめんなさい。もうしないよ」

「ママこそごめんなさい。痛くなかった？」

ママはいつもの優しい顔に戻って、ついさっきぶん殴ったあたしの頭を、ふわふわと撫《な》でさすった。

「痛かったよ、もう」

もしも鮎太が死んでいたらどうなっていただろう。妄想してみるけれどうまくいかない。たぶんそれなりに、あたしは後悔して、悲しむだろうと思うし。

ごめんねともう一度謝って部屋に戻ろうとしたら、ママに呼び止められた。

「そうだ真魚ちゃん、理恵《りえ》叔母ちゃんが引っ越しすることになったから荷造りの手伝いに行ってあげなさいよ。急なお引っ越しで時間もないしママは鮎《あゆ》ちゃんがいるし、最後に真魚ちゃんが会いに行ってあげたら叔母ちゃんも喜ぶよ」

「引っ越しって、何」

「婚約者のお医者さんが離島の診療所に勤めることになったから一緒に行くんだって。せめてお祖父《じい》ちゃんには正式にご挨拶していけばいいのに――真魚、ちょっと真魚ちゃん！」

あたしは二階に駆け上がった。

そして着替えた。理恵が買ってくれた思い出のワンピースに着替えた。それから前髪を整えて、理恵が買ってくれた香水を両膝の裏に擦《こす》りつけて、理恵が買ってくれた帽子をかぶって、最後に鏡でもう一度自分の姿を確認してから、家を飛び出した。

おかしくなりそうな暑さだ。

でも、こんなの、どうでもいい暑さだ。

ああと思い出して、一度家に引き返し、キッチンの引き出しから果物ナイフを取り出して再び外に出た。レースのお花がついたカゴバッグに突っ込む。これも理恵が買ってくれた。暑くて痺《しび》れる。


引っ越しというよりも、遺品の整理だ。

久しぶりに訪れた理恵の部屋はすでに片付いていた。

「理恵！　ちょりーっす！」

「……髪、黒く染め直したのね」

「いえーっす」

不思議なやりとりだと我ながら思う。

「ママから、急に引っ越すって、聞いた」

ドアが閉まると理恵は勝手に部屋の奥に戻った。がらんとしたフローリングの中心に座り込み、淡々と雑貨を段ボール箱に放る。全部を捨てていくようだ。

「どうして？」

あたしはサンダル履きのまま上がり込み、理恵の隣にしゃがむ。そして彼女が文庫本を段ボール箱に投げ捨てる作業を手伝った。

「あんたが異常者だって彼氏に言ったのはあたしだよ。破談にならなかったの？」

「ならなかった」

「だから、どうして？」

「彼は無医村や途上国で奉仕するのを夢みて医者になった。たまたま彼の理想にぴったりの離島で緊急募集の話があってすぐに応募した。だからわたしもついていく。彼には優秀な看護師が必要だし、わたしにはその技術がある。彼の人生の夢を叶《かな》えるために手伝う」

「あたしの質問に答えてないね。あのひとの子どもは？」

「連れては行けない。彼の遠い親戚が養女を欲しがっているから、親子の縁を切って手放すそうよ」

「それでいいの？」

「わたしの子じゃないし別に何とも。あの子はわたしと別れたくないって泣いたわ。でも要らないから捨てるって彼が言うんだもの」

そして理恵はうっすらと微笑《ほほえ》んだ。

居直っているのか、悟りをひらいたのか、もう理恵の顔からは感情を読み取れない。

「そこまでして彼氏と結婚したいとはね。てっきり相手の子どもが目当てかと」

とにかく目に入るものをすべて拾って段ボール箱に投げ捨てる。あたしはこれでも彼女の作業を手伝っているつもりだ。

「医者としての彼を尊敬しているの。わたしもずっと社会の役に立ちたいと願ってたから」

これが、理恵にとってのあたしの存在価値の証明だった。答え合わせは残酷だった。あたしは社会に役立つ崇高な夢実現とやら以下の存在なのだ。もう何の価値もない。父親に捨てられた女の子もそうだ。

「ふざけないで、あんたのせいであたしの青春めちゃくちゃだよ！」

あたしは立ち上がる。

「理恵のせいであたしはおかしくなってた。理恵がいるから友達なんて要らなかったし、理恵がいるから誰も好きにならなかった、理恵がいるからまじめに学校に通わなかった、理恵がいるからあたしは何も要らなかった、すべて理恵に捧《ささ》げたせいであたしは顔が可《か》愛《わい》いだけのバカだった！」

理恵はあたしの話を聞いているのかいないのか、表情は淡々と、ずっと変わらず薄く笑んでさえいる。

こんなこと言って怒らせちゃったのかも。あたしは大好きな理恵に嫌われちゃったかも。それが怖い。でも。

「でもっ、でもでも、でもね、でも理恵にめちゃくちゃにされたおかげであたしは楽しかった。幸せだった。それなのに理恵はちっちゃくて可愛いあたしを弄んで壊しただけだったよね、ああ最悪、気づきたくなかった、気づけてよかった。好きなの。好きだったの。大好き、理恵はあたしの全部だった。でももう無理。……もう捧げられないよ。何もかも無理。好きだけど嫌いになりそう、嫌いになっちゃった」

「それならちょうどよかった。これでさよならね」

理恵の冷たい声に背を押された気がした。

「それであたしを捨てた気？　違うから。あたしが理恵を捨てるんだから」

もう嫌い。あたしが理恵を、捨ててやる。

バッグに左手を突っ込んで果物ナイフを取り出し、右手に持ち替える。柄を握りしめて鞘《さや》から抜いて唾を飲んで、過呼吸の予感がする。がんばれあたし。振り上げる。こんなとき、目を閉じたほうがいいの、見つめたほうがいいの、理恵の顔を。

ぐ、て胃の奥で叫んだ。

でもだめだった。

理恵を狙ったはずの刃は、いともあっけなく、彼女の片手で防がれた。頭がぐわんぐわんと鳴っている。理恵の手から血が流れてた。弾《はじ》けた熱で溶けてしまいそう。

あたしは絶叫しながら理恵の部屋から飛び出した。

もはや、これまで。

マンションの下で動けなくなって、しばらくしゃがみ込んだ。

ひとを軽蔑することが、こんなに痛くて辛《つら》くて苦しいだなんて知らなかった。

ねえ勇魚《いさな》、あたしの初恋も終わったよ。今ならぶっ壊れていた頃のあんたの気持ちがよくわかる。そうだ。寝取られ失恋には復讐《ふくしゅう》しかないよね。ぶっ殺すしかないよね。でもうまくいかなかった。

長いことスマホを見つめ、ようやく、いつものように勇魚の名前をタップした。

あたしは立ち上がって歩き出す。日傘もないのに灼熱《しゃくねつ》のバス通りを歩く。サンダルの足が痛い。可愛いワンピが理恵の血で汚れてる。

暑い。暑い。暑い。暑い。暑い。

『あれ、真魚？』

「……うん」

午後の中途半端な時間なのに勇魚はすぐに出てくれた。

『父さんの襲撃、どうして教えてくれなかったんだよ！』

あたしの事情なんて知らない勇魚がいきなり吠《ほ》えたのは、先日の件だ。勇魚の声が好きだ。なんて優しく軽やかで明るい日常。闇の底にいるあたしには想像もつかないよ。

あたしはこみあげる涙をこらえた。嗚咽《おえつ》がばれないように肩に力を込めて演技する。勇魚の記憶に残る最期のあたしがいつもと同じ笑い声であるように。

「ねえねえ、パパがくれたお小遣いで鰻《うなぎ》を食べた？」

『食べた。二人前食べた。彼女は一人前しか食べなかったけど』

「ママがギャンギレしてる。パパの口から飯田《いいだ》さんのイの字が出ただけで荒れ狂ってるよ、パパの不倫がバレたとき以来の憤怒《ふんぬ》。で、帰省はどうする？」

『約束どおり予定してる。父さんが、どうしても飯田さんを連れてこいって言うし』

ごにゃごにゃとした口調は勇魚らしくない。自分のことではなく、彼女のことで実家の両親が喧嘩《けんか》をしているからだ。

どうしてこの男は、結婚しているわけでもないのに彼女と母親の板挟みになっているのだろう。いいね。滑稽だ。いかにもドラマ臭い人生を送っている斉藤《さいとう》勇魚らしい。これからも幸せであれ。

『おい真魚、また外に出てるだろ。こんな炎天下にどうしてふらふらしてるんだ』

「理恵叔母ちゃんの引っ越しの準備を手伝ってた。離島の診療所に、旦那さんになるひとが志願して赴任するんだって。だから二人揃《そろ》ってオサラバするって」

『僻地《へきち》で頑張ろうっていう医者もいるんだな。漫画みたいだ』

「だよね偉いよね。でもね、その男は自分の人生の夢を叶えるために優秀な看護師を選択して娘を捨てたクズなんですよ」

あたしの早口は電波のノイズに紛れてしまった。

『何？　ごめん聞こえなかった』

なんでもないよ。スマホがやけに重い。

こんなに暑いのに汗が出ない。あたしの水分はどこに行ってしまったのだろう。あたしは乾いてる。からからだ。暑い。暑い。暑い。暑い。

「ごめん勇魚、スマホの充電きれそう」

そしてあたし自身の充電も切れそう。

交差点の赤信号で立ち止まる。

勇魚。いままでありがと。あたしのお兄ちゃんでありがとね。

あたしの頭で爆発した熱が躰《からだ》じゅうで燃えて、焼き尽くして、溶かして、今は世界を灼《や》いている。

太陽が皮膚に染み込んできた。大きく膨れてあたしを押しつぶす。黄金の灼熱に飲み込まれて視界が白くなる。蒸散する。眩《まぶ》しいから目を開けていられない。

いかなくちゃ。

あたしは赤信号の歩道を進む。二歩進む。ぐらりとよろける。まだいける。スマホの向こうから勇魚があたしを呼んでいる。車のクラクションがいくつも重なって響いた。あと一歩。

「！」

次の瞬間、ふわりと躰が軽くなった。

誰かの悲鳴。誰かの怒号。何かの音。ぐいと腕を引っ張られて、抱きとめられて、えっ何。

あたしは意識を失った。

——そして気づいたときには、男の腕の中にいた。

「大丈夫。無理に喋《しゃべ》らなくていいよ、俺と一緒にゆっくり息をして」

野次馬の人だかりがあたしを囲んでいる。

その中心で、男が地面に座り込んであたしの上半身を抱き支えていた。いつの間にか両脇に冷たいペットボトルが差し込まれている。熱い躰が冷えていく。

あたしは微《かす》かに呻《うめ》き、彼の抱擁から逃れようと腕に力を込めた。もちろん無駄な抵抗だった。腕力のせいではない。

あたしはこの腕に安心していた。委ねてしまっていた。

「地面が熱すぎるから君がグリル焼きにならないように抱えてるんだ。もうすぐ救急車が来るからしばらくはこのままで」

野次馬が引いていく。黒い日傘をさした老婦人がくすりと笑って「まるで白雪姫と王子様ね」とからかって去って行った。ははっ上手《うま》いこと言うじゃん。

その腕は逞《たくま》しいけど市原《いちはら》よりは細くて、たぶん勇魚と同じくらい。そこであたしは切なく思った、あたしは二十歳の女だというのに男の腕といったら双子の兄と腐れ縁の幼馴染《おさななじみ》しか知らないのだ。

光以外には何もない。男の顔が逆光で暗くてよく見えない。ああ初めて会ったときもそうだった。その姿が太陽から解放されて、あたしはようやくはっきりと見た。

「……盛田《もりた》くんだ……」

そうだよと耳元で聞こえた。優しい囁《ささや》きだった。

「熱中症で意識が薄れて、赤信号に気づかなかったんだよ。俺がいなかったら君はトラックに撥《は》ねられて今頃は異世界転生してた」

「なんで……」

「それはこっちが聞きたいよ。五億年ぶりの休暇で思う存分に寝て起きて、買い物に出かけたらふらふら歩いてる君がいた。運命かな？」

到着した救急車に盛田くんが両手を振っている。

「お連れの方ですか。付き添いますか」

救急車から飛び出してきた隊員が彼に尋ねる。

「私は彼女の知人で医師です。倒れたときの状況は――」

盛田くんの声を聞いていたら再び意識が遠のいた。

―11―

「そうか無事でよかった。話してる途中で返事をしなくなって、ずっと呼びかけてたんだけど充電が切れたみたいで」

『ママも病院に呼ばれてバタバタしてたから。お兄ちゃんに心配かけてごめんね。理恵《りえ》にも連絡してみたけど繋《つな》がらなくて』

真魚《まな》との通話が途絶えて心配で吐きそうになっていた頃、ようやく母さんから連絡がきた。真魚はぼくと電話している最中に倒れて救急車で運ばれたらしい。

薄暗い外来待合から母さんはぼくに電話をしている。

『まったく恥ずかしいったらないよ、一人前に成人した大学生が道端で倒れるなんて。救急の先生は連れて帰っていいって言ってくださったんだけど、パパに電話したら入院させておけって怒ってるし、とりあえず今夜はここで看《み》てもらおうと思って。パパはいつもそう。真魚ちゃんに何かあっても自分は動かないでママに怒るばっかり。ママは鮎《あゆ》ちゃんのお世話で大変なのにわかってくれないの。もしかしてまた不倫してるのかな、前の女と切れてないのかな？』

ああ、昔と一緒だ。

幼い真魚の体調不良に振り回されて両親の夫婦仲がぎくしゃくしていた十年前とまるで同じ。運動会や球技大会なんていう行事があるたびに真魚はぱたりと倒れて、そこからずるずると学校を休む。不登校が続いたところで父さんが突然キレ散らかす。母さんは手で顔を覆ってさめざめ泣く。真魚は唇を尖《とが》らせて叔母のところに逃げ出す。そして一週間後には、叔母に買い与えられた玩具や高価な服を抱えて帰ってくる。同じ頃、痺《しび》れを切らしたお隣の幼い騎士様が「そろそろ学校においで」と誘ってくれて、それでようやく復学する。いつもその繰り返し。その間、母さんの愚痴をを聞いて宥《なだ》めるのはぼくの仕事だった。

ぼくは壁にもたれたままスマホを肩に挟み、水割りを啜《すす》る。

それを横目で見ていた飯田《いいだ》さんがゆっくりと近づき、音をたてずにぼくの手からコップを奪ってキッチンに行ってしまった。

『ママもこれから家に帰るから。長戸《ながと》のお祖父《じい》ちゃんたちも心配してるし、病院に鮎ちゃんを連れてきちゃったし、夕飯の支度をしなくちゃパパに叱られるし。なんだかママも疲れちゃった。早くお兄ちゃんに会いたいよ』

「母さん、理恵叔母ちゃんのことだけど」

いきなりこの話題を出すのは不自然すぎた。なあに、と返す母さんの声が怪訝《けげん》に曇る。

「真魚と何かあったんじゃないかな……」

スマホの向こうで、母さんが小さく息を吸うのがわかった。

『理恵はママとは違って立派なひとなの。優秀な看護師で優秀な人間よ。それに優しくて、まっすぐで、欠点なんて何ひとつ無い。そんな理恵だから素晴らしい男性に選ばれて、そのひとの伴侶として立派な仕事に就く。お兄ちゃんは知らないくせに』

ぼくは唇を噛《か》んだ。

どうしてだろう、いつからかぼくと母さんは会話が嚙み合わない。

「母さん。あのね、ぼく、叔母ちゃんと真魚がふたりで風呂に入ってるときに扉の外からふたりの話し声を聞いたことがある。たぶん小五くらいのとき、ふたりは様子がおかしくて、すごく、……怖かったんだ。うまく言えないけれどあれは」

心臓の裏側が震えた。ぼくはこのことを初めて母さんに打ち明けている。告げ口をしているようで怖い。

『勇魚《いさな》』

「本当は、もっと早く」

『無責任なことを言うのはやめなさい』

その鋭い声は、ぼくの決死の告白を簡単に突き飛ばした。

母さんは、もしかしたら知らないふりをしているのか。

真魚は何も訴えないし、証拠はない。強いて言うならぼくのあやふやな記憶ひとつだけ。

「……ごめん」

ふわ、ふわ、と幼い声が聞こえた。

母さんの胸で鮎太《あゆた》がぐずりはじめたようだ。

『そろそろ切るから。今夜かけなおすね』

「真魚が退院してからでいいよ」

『もうすぐ帰省するでしょう？　ママ待ってるから。それで、あの』

「うん。父さんに聞いたと思うけど、つきあってる彼女を連れてくから」

『だめよそんなの。鮎ちゃんが生まれて初めての一家水入らずなのに赤の他人を連れてくるなんて何を考えてるの？　非常識だよ、ママ許さないから』

「でも父さんが楽しみに待ってるから、父さんの命令に従うだけだ。じゃ」

これ以上は母さんと喋《しゃべ》れなくて、ぼくは自分から通話を切った。

それから顔を上げる。

冷蔵庫の前で立ちすくんでいる飯田さんが見える。

「ぼくの水割りを返してよ」

「こんな時間から空《す》きっ腹《ぱら》にお酒は良くないよ。いま冷凍の枝豆をゆでてあげるから待

って て。それぐらいの料理なら私でもできる」

その声が潤んでいた。

飯田さんが泣くことないのに。

「変な話を聞かせてごめん。――ぼく、子どもの頃に、叔母が真魚を……怖い夢をみてたのかな」

記憶は薄れて今ではすべてが妄想と区別がつかない。夢だったのかなともう一度呟《つぶや》くと、やっぱり夢だったのかもしれないと思い込む。

けれど、あの一瞬の情景が夢だったとしても、今、真魚が叔母に焦がれているのは事実だろう。叔母の結婚であれほど動揺していたのだ。

だからぼくは、母さんに真魚を見て欲しかった。

「ねえ飯田さん、真魚に会ってくれる？」

「もちろんよ」

「仲良くなれる、と思うよ、たぶん」

ぼくはぽんと言葉を投げた。弾《はじ》くような口調は吏子《りこ》の真似《まね》だ。可愛《かわい》くて悪魔的な言霊のシャボン玉。これで語尾に「うそぴょん」とつければ完璧。でもぼくは飯田さんには嘘《うそ》を言わないからそこは真似できない。

「なんだか、寂しい」

ぼくは膝を抱いた。

ぼくの人生と真魚の人生、いったいどっちが勝ってるだろう。いったいどっちが、幸せなんだろう。

ずっと真魚には勝ってると思ってきた。実は今でもそう思ってる。でもそう思っているからこそ、今、寂しい。

飯田さんはぼくの頭を撫《な》でた。

「私、芸能界の隅っこでいろんな女の子とすれ違った。みんな可愛くて、みんな美しくて、みんな寿命の短い蝶々《ちょうちょう》みたいだった。陳腐な言い方だけど闘いながら生きてた。私は怖《お》じ気《け》づいて逃げた。写真の仕事が嫌だったからって言い訳したけど、本当は怖かっただけ。男の人の視線が怖かった。でもそれは私だけじゃなかった。私よりも恐《こわ》がりの子が私よりも躰《からだ》を張ってたし」

そしてうつむき、ぼくを撫でていた自身の指先を見つめる。

「一緒に撮影がんばろうねって指切りした子が、次の日にはロケ地から逃げだしてそれきり失踪しちゃったこともある。それで私わかったの、人間ってわからないものなんだね。私は人間のことが何もわからないんだってことがわかった。そしたら私が両親と仲良くできなかったことも納得できた。パパが去ったことも、ママが私を放任してることも、わかりあえないいんだから仕方ないいんだって。でも寂しいよね」

飯田さんはここで言葉を切って、続きの言葉は聞かせてくれなかった。答えを見せないまま、難問だけをぼくに放った。

寂しいよねという言葉ひとつが漂い、窓から逃れて夏の宇宙に解けていく。

ぼくは黄昏《たそがれ》の迫る空を眺めて、うん、と頷《うなず》いた。

帰ろう。

飯田さんを連れて、今度こそ新幹線に乗ろう。

—12

意識は回復したけれど、どうやらあたしは今夜ここで一泊するらしい。

内科の病室が空いてないからと通されたのは、ユニットバスにトイレ、さらには豪華な応接ソファつきの特別室だった。

病院の夕食は喉を通らない。

「斉藤《さいとう》さん、もういらないの？　ちゃんと食べないともう一本点滴することになりますよ」

食器を回収しに来た年配の看護師が声を尖《とが》らせ、腰に手を当てた。

「点滴のほうがいい。盛田《もりた》くんにそう言って」

看護師が大きく溜息《ためいき》をつき、トレイを持って出ていく。あたしは頭から布団を被《かぶ》ったけれど眠れるはずがない。理恵《りえ》のことはもう何ひとつ思い出したくないし、何ひとつ考えたくない。

ノックの音が響いた。

さっきのうるさい看護師か。あたしは寝たふりを続ける。

「あの……寝てる？」

聞こえたのは男の声だ。

あたしは布団から顔を出し、薄く目を開け、清潔な白衣を確認してから背を起こした。

「起きてるよ。盛田くん」

あたしが名前を呼んでやったら、盛田くんの表情が明るく弾む。

「気分はどう？」

「おかげさまで元気爆発。すぐにでも帰れる」

「それならよかった。でも本当は俺に怒ってるくせに」

遠く救急車のサイレンが聞こえた。あたしは返事に困る。

盛田くんはベッドの脇に座った。そういえば、彼はいつもあたしを包み込むように見おろしている。

穏やかでまっすぐな視線を受け止める自信がない。

「そりゃあたしは性格の悪い女だけど、さすがに命の恩人に怒る理由はないよ」

「理由はある。だって君は死ぬつもりで赤信号の歩道に飛び出した。俺は君の腕を引き寄せて、抱きしめて、むりやり止めてしまった」

「あれはそういうのじゃなくて、暑さのせいで頭が、躰《からだ》が熱くて」

淡々と嘘《うそ》をつくあたしの声を盛田くんはそっと指先で制した。

「君が自分の意思で道路に踏み出すのを見てた。誰にも言わないから安心していいよ」

ミカエルとかラファエルとかいう大天使って、きっとこんな顔で真理を告げる。嘘がつけない相手だ。彼に較《くら》べてあたしの声は脆《もろ》い。嘘以外の言葉が下手だから。

「どんな顔してた？　あたし、盛田くんの胸で失神してたとき変な顔じゃなかった？」

「可愛《かわい》い顔だったよ。今も可愛い」

「からかわないでよ。そういうのは言われ馴《な》れてるんだから、――あたしは可愛いの。理恵があたしに言ってくれた、可愛い、可愛い真魚《まな》って。大好きって」

喉から涙が噴き出しそう。あたしは両手で顔を覆った。

自分の汗の臭いがした。

それから血の臭い。あたしが刺した理恵の手から滲《にじ》んで床に落ちた赤い血。理恵、痛かったかな。

「ずっと理恵が好きだったの。理恵と結ばれてるつもりだった」

ぼろっと言葉が出た。

盛田くんがどう思うかなんて関係ない。

「でも理恵はあたしじゃなくて、幼くて可愛い女の子が好きなだけ。すべてあたしの勘違いだった。だからあたしは初めて理恵に怒ったの。それで理恵を殺そうとした。理恵に振られたあたしなんて生きてる意味ない」

徐々に近づいた救急車のサイレンが、ひときわ大きくなって、建物に反響して止《や》んだ。不穏な静寂が戻る。救急外来に死にそうなひとが運ばれてきたのだ。あたしよりも大切な、あたしよりも救われるべき命が傷んでいる。盛田くんは「いちばん使える研修医」なんだから救急患者を思って気もそぞろだろう。

もう、いいから行って。

顔を覆った両手を外してそう言おうとしたら、すぐ近くに盛田くんの顔があった。

「斉藤さん」

そっと両手の指を伸ばしてあたしの両頬に触れる。

まっすぐに見つめる。

「それでも俺は君が生きてて嬉《うれ》しい。だから今日のことは怒られても嫌われても後悔しないよ。だって俺はセラピストじゃなくて医者だから」

あたしが生きてて嬉しいなんて。

いったいどんな人生を送ったらこんなに穢《けが》れなく優しい言葉が出てくるんだろう。素直で伸びやかな標準語のアクセント。あなたのような発音で喋《しゃべ》る男はこの街にはいない。切ないようないとおしいような変な気分だ。あたしは肩をすくめる。

盛田くんは異世界のひとだな。

そう言いかけたら彼が言葉を継いだ。

「小田原《おだわら》先生と長戸《ながと》師長が退職して崇高な途《みち》を選んだことは俺も知ってる。これからふたりは社会の網目から零《こぼ》れてしまった僻地《へきち》で命を救う。だけどそのために小田原先生がお子さんを養子に出すって聞いた。ひどいよな、最低の父親だ。俺は理解できないから辛《つら》い。君の心を弄んで捨てた長戸師長も、子を捨てた小田原先生も俺はわからない。わからないから辛い。だって本当はいいひとなのに。ふたりとも高潔な善人なのに、俺はふたりとも尊敬してるのに。ごめんちょっと哀《かな》しくなってきた」

そう言って、盛田くんはいきなり、あたしを強く抱きしめた。

「熱いよ盛田くん」

痛いって言いたかったのに熱いって言った。同じ意味だ。白衣の盛田くんはアルコール消毒の匂いがした。理恵の匂いだ。命を救うひとがまとう聖なる匂いだ。

「ねえ、盛田くんはどうしてあたしにかまってくれるの」

そう訊《き》いたあとで、訊くんじゃなかったと後悔した。はぐらかされたらきっとあたしは傷ついてしまう。

「初めて見かけたとき、中庭で煙草《たばこ》を吸っていた君は苦しそうだった。俺のバイクに驚いて転んだ君も苦しそうだった。そのとき君を理解したいと思ったんだ。——もしかして君が理不尽な目に遭ってるんじゃないかと、俺は気づいたよって言いたくて」

ああ。

このひとは他人を理解できると信じている。人間と人間はわかりあえると信じている。たとえそれが不可能だと思い知っても、なお、隣人に絶望したくないのだ。

うん。うん。あたしはしゃくりあげるように繰り返し頷《うなず》いて、彼の背中に両腕を回した。お礼の代わりに力を込めた。燃えたぎっていた魂が優しく甘く癒《いや》されていく。

吐息が近づく。

キスした。

あっけなかった。

真摯な男の不器用なキスだった。このひとはあたしを好きなんだね。

でもあたしは――

額をこつんと当て、再び見つめあう。

「君が目を醒《さ》ますまでの間、コンビニで見舞いの品を買ってきた。煙草を返せと怒鳴られたから」

盛田くんは白衣のポケットから煙草をだした。この黄昏《たそが》れた世界のなかでただひとつ、色づいた物体だ。

馴れないしぐさで封を切り、そっと、宝箱のように開く。

「ライターもある」

そして、線香花火に火をつけるのと同じしぐさで、煙草の先端をあぶる。下手くそで見てらんない。

「そうじゃないよ、くわえて、少し吸うの」

あたしが指導すると、みごと煙草の先にオレンジの灯がともった。盛田くんは口に溜《た》めた煙を吐き出す。

「……思ったとおり、ちっとも美味《うま》くない」

小さく咳《せ》き込《こ》み、火がついたままの煙草を、あたしの下唇にあてた。

「こんなもの吸って苦しかっただろうに」

盛田くんがあたしに呟《つぶや》く。あたしはそうだねと素直に頷く。

「いつも苦しくしておけば心が麻痺《まひ》してバカになれたの。従順でバカで幼くて可愛い女の子でいなくちゃ理恵に愛してもらえないと信じてたから」

盛田くんは肩をすくめる。

「だからしんどかったんだよ、本当の君は誰よりも賢いから。俺たちは似てると思う」

肯定しそうになった。

でもそれは間違い。あたしはその答えを知っている。

「盛田くんが似ているのはあたしじゃなくて、あたしの双子の兄だ」

「双子なの？　俺に似ている兄貴はどんなひと？」

「勇魚《いさな》っていうの。盛田くんに似てる」

小さく笑った。そういえば笑い方も勇魚に似ている。ああそういうことか。そういうことだったんだね。

「勇魚は広島《ひろしま》の大学にいる。生まれた瞬間からあたしよりも賢くてあたしよりも善人で、だけどあたしより狡《ずる》いひと。あたしを置いてこの町を出て行ったけど、遠くにいても勇魚のことならわかる。あたしが泣いてるときは勇魚も泣いてるし、あたしが笑っているときは勇魚も笑ってる。繋《つな》がってる気がする」

「まるで量子もつれの関係だな」

盛田くんが柔らかな声で難しい言葉を言った。

「量子力学の話。斉藤さんと双子の兄貴は世界を構成している小さな粒子の一対。たとえ宇宙の端と端にいても影響しあう。光よりも速く繋がる絆《きずな》で、離れていても一心同体」

そこから難しい話を難しく語ろうとした盛田くんは、ふと、あたしを見つめた。

「よかったよ、君が宇宙にひとりぼっちじゃなくて。――俺とは違ったみたいだ」

「盛田くんは、ひとりっこ？」

「そう。裕福な家庭で両親に愛されて、素直に伸び伸びと大切に育てられて、挫《くじ》けることなく期待どおりに完璧に育った一人息子だ。これからもそうして生きてく。煙草を吸わず、死にたくなるような大失恋もしない」

そうだね。あたしは心を込めて、優しく盛田くんの頭を撫《な》でた。

盛田くんは「俺を甘やかすなよ」と鼻を鳴らした。

「ああ畜生、勇魚くんじゃなくて俺が君の兄貴ならよかったのになあ！」

「それならあたしとキスなんてしないでしょ」

「たしかにそれはそうだ」

用意周到な盛田くんは、ライターだけではなく携帯灰皿も買っていた。差し出された灰皿に灰を落として、まっすぐに立ち上る煙をふたりで見上げる。特別室だから天井が高い。細くて薄い煙は火災報知器まで届かない。

「斉藤さんは愛されてるよな」

「いきなり何。理恵のことなら違」

「長戸師長じゃないよ。キスしたときに感じた。君がふだんキスしている人間は君を一《いち》途《ず》に愛してる、君はそれに応えてる。俺には応えてくれないのに」

「そんなことまでわかるの？」

「だって医者だから」

あたしがきょとんとまばたきすると、盛田くんは明るく笑った。

「ごめん冗談。種明かしをすると、俺がこの病室に入る直前、スタッフステーションで君の名前を呼びながら暴れてる物騒な金髪青年がいた。面会謝絶だと俺が言ったら、救急外来の待合でずっと待ってるから君の意識が戻ったら呼んでくれって凄《すご》みをきかせて涙ぐんでた。主人とはぐれた猟犬みたいな顔で」

確認するまでもなくそれは市原《いちはら》だった。

その名前ひとつであたしの世界は現実の色彩を取り戻す。今まで大天使に導かれてきらきら光る楽園を垣間見《かいまみ》てた。でもあたしが市原と暮らしてるのは、偏差値の低い大学と、パチンコ屋の喧噪《けんそう》と、寂れたコンビニの匂いと、声を潜めた真夜中のセックスと、人生の四分の三を大親友として過ごした泥臭い体温の世界だ。

あたしは市原に属してる。市原はあたしに属してる。あたしの唇もあたしの膣《ちつ》もあたしの心も市原でなきゃ悦《よろこ》ばない。

「どうする？　君が俺を選ぶなら警備を呼んで彼を追い払う」

即答しようとした瞬間、彼の院内スマホが鳴った。

初めて会った中庭と同じだ。あのときのように盛田くんが片手で詫《わ》びてすぐに通話に応じる。

「お疲れ様です盛田です。今は、……ええとそうです院内です、お昼の患者さんの様子をみてます。退職した長戸師長の親戚の、はい、ええと一応今日は休暇ですが、はい、大丈夫です問題ないです。すぐ行きます！」

通話をきった盛田くんは頬を膨らませている。でも悪人の顔ではない。

「救急外来に呼ばれたから行く」

「うん。ついでに彼――市原を呼んでくれたらありがたいんだけど」

「……了解」

「煙草、返してくれてありがとう」

「もう二度と吸うなよ」

盛田くんは病室から出て行った。

廊下の床を蹴って走る靴音が聞こえる。やけくそのような響き。「盛田先生、走らないで！」って看護師の甲高い声が追う。あのひとが走ってく、あのひとの居場所に去ってく。

盛田くんと入れ替わりに、ようやく市原が飛び込んできた。

「真魚、大丈夫か！　よかった意識が戻ってよかった、心配した、ほんとに！」

「あたし理恵を殺そうとした。失敗しちゃった」

「どうしておれに頼まないんだよ、そのためにおれがいるんだろうが！」

話が早くて躊躇《ちゅうちょ》がない。市原はあたしのためならひとを殺せる。世界を敵に回せる。それは単純な真実だった。そしてあたしは、市原の覚悟を当然のことだと受け入れている自分自身を自覚した。

「それで死のうとしたの。そしたらお医者さんが助けてくれた。盛田先生っていうの。

あたしが生きてて嬉しいって。あたしの命を助けたこと後悔しないって。それから話をしたの、彼はあたしを理解しようとがんばってくれた」

「あの若い医者だろ。おれを呼びに来たときぼろぼろに泣いてた。どういう関係かは訊かないけどおまえを愛してるんだよ、おれにはわかる」

盛田くんは泣いていたのか。

ばっかだなあ、愛だの恋だので泣くなんて、ださすぎる。

だけど善なるひとの同情は心地よかった。その涙が見たかった。あたしはしみじみと天井を仰いだ。

「彼とキスしたけどぜんぜん良くなかった。何もなかった。まるで勇魚や鮎太《あゆた》とキスしたみたいな感覚で、それでようやくわかったの」

盛田くんがくれた煙草の箱を胸で握りしめる。

市原はベッドの脇まで来て、そっと寄り添って、そうか、と言った。

あたしは市原にもたれた。

「今までたくさんの男の子や女の子があたしに好きって告白してくれたよね。友達になろうって言ってくれた。つきあおうって誘ってくれた。あたしは彼らと向き合えなかった。そのなかには真剣にあたしを理解しようとした人もいたと思う。あたしと会話して、触れて、あたしを知りたいと願ってくれたはず。なのにあたしは理恵に愛されたくて他者との関わりを拒んでた。理恵のせいだけどあたしのせい。苦しかったのも寂しかったのも、あたしの狭い世界が壁で囲まれていたのは、理恵のせいだけどあたしのせいだった。でも市原があたしの傍《そば》にいてくれた。市原だけが、あたしの手を繋いでくれてた。

──あたしは初めから選んでたんだ」

だから離さないで。

あたしも離さないから。

そう、これまでどおりに永遠に。

「市原、キスして」

あたしは目を閉じて顎を上げた。

でも市原は唾を飲み、さんざためらってから、あたしの額にちょこんと唇を当てた。

「何してるの。場所が違う」

「真魚のことが本当に好きだから、こういうのって恥ずかしい」

夢の中だか異世界だかで、これと同じ出来事を体験したような、気がする。もしかしたらあたしじゃなくて勇魚の記憶かもね。盛田くんが言ってた量子もつれってこういうことか。不思議な既視感で胸がときめく。

「いい？　あたしとのキスはこうやってするの」

あたしは両手で市原の頭をつかまえて、自分からキスした。でたらめに、かきまぜるようなキスをした。躰が溶ける。水になる。溢《あふ》れる。流れてく。市原の光と熱を頼りにしてる。ついていきたい。しがみつきたい。ずっと一緒。ひとつになりたい。とっくにひとつだったけど確認したいの。

あたしの言葉で。

「愛してる」

ようやく正しい相手に正しい愛を告白できた。

「あたしは市原を愛してる」

―13・

小倉《こくら》駅の新幹線改札口を抜けた途端、元気な声がぼくを呼んだ。

「勇魚《いさな》、やっほほほほい！」

真魚《まな》だ。

それほど懐かしさは感じなかった。でもその声を聞いた途端に自分の中から笑顔が出てきて困った。必死で噛《か》みしめる。

意外だったのは髪の色と服装だ。

赤く染めていたはずの髪が漆黒に輝く清楚《せいそ》なボブになっていた。薄く化粧をして、細身に似合うロング丈の涼しげなワンピースを着ている。まるで南の国でバカンスを楽しむセレブ嬢だ。

「今日はまたいつにも増してお姫様だな」

ぼくはあっけなく応じてみせ、細い両腕をしなやかに振る真魚のもとに向かう。飯田《いいだ》さんはキャリーを転がしながら半歩後ろをついてくる。

「あたしがまた一段と可愛《かわい》くなったからビビった？　わっ見つけた！」

真魚は柔らかな態度で軽口を叩《たた》き、ぼくの背中から飯田さんを引っ張り出した。いきなり真魚に腕をとられて飯田さんはきゃあと言う。拒絶の反応ではなくびっくりしたのだ。

「はじめまして飯田さん、真魚です。本当ははじめましてじゃないけど」

真魚が言うと、飯田さんも困った笑顔で深々と頭を下げた。彼女が被《かぶ》っている帽子が落ちそうになったのでぼくは少し笑う。

「あの、電話で……あのときは私、驚かせちゃってごめんなさい」

「こっちこそごめんね。でも飯田さんが思ってたとおりの美人で安心したよ、こりゃパパが一目惚《ひとめぼ》れするのもわかる。あたしも自分より美人なひとと対面したのは生まれて初めてだ」

真魚が真顔でくだらないことを言うから飯田さんが返答に困っている。

これは真魚の策略なのだ。真魚はいつもこんなふうにして初対面の人間をからかって反応を楽しむ。ぼくはそれを知っていたので、真魚から何を言われてもスルーするようにと飯田さんにアドバイスしていた。

「もしかして車で迎えに来てくれたのか。真魚のくせに気が利くね」

「運転してるのは市原《いちはら》だけど。車で待ってるよ」

「これまた暑苦しい奴《やつ》を連れてきやがって。あんたたちはまだつるんでるのか」

「だって市原はあたしの騎士様だもん」

そう言って頭を振る真魚のしぐさ、以前と雰囲気が違う気がした。髪型が変わってしまったせいだろうか。

駅の駐車場で白のアクアを見つける。

運転席で待っていたのは浅黒くてチャラい金髪男だ。ぼくたちの姿を見つけて手を振った。

うん。

市原は変わりないな。

真魚のように髪の色や服装が変わったわけでもない。ぼくよりも頭半分長身で、完全無欠の、女ったらしの陽キャラだ。真魚が面倒な相手から言い寄られるたびにそれを撃退するのは市原の役目で、それはお姫様と騎士であり美人局《つつもたせ》の女とチンピラのようにも見えた。

「わざわざどうも」

ぼくは市原に向かって他人行儀にお辞儀する。市原も、イエイエどうもと返す。お隣同士の幼《おさなな》馴染《じみ》にしては不思議な挨拶だ。

「市原はあたし専用の幼馴染だから、勇魚とはあまり親交がないの」

真魚はまたくすくす笑って飯田さんに耳打ちしている。どうでもいい情報を与えやがって、だけどそれは間違ってはいない。

次に市原は、長身を折り曲げるようにして飯田さんの顔を覗《のぞ》いた。

「……あ……」

「はじめまして、飯田です」

「……いや、あの……」

市原は犬のような大きな目をさらに見開いて、飯田さんの顔を見ている。

この表情は、明らかに以前から彼女を知っている様子だ。そんな視線を投げかけられて飯田さんもきょとんとしている。

「え、と、何処《どこ》かでお会いしましたっけ」

「気に障ったらすみません。つかぬことをお伺いしますが」

市原は彼女の顔をじっと覗き込んだまま、小さく尋ねた。

「もしかして、飯田さんって、ちょっと前まで、あの、グラビアで……」

はあ？

と不機嫌に返したのは飯田さんではなくぼくだった。何だこいつ。いきなり何を言いだしたんだ。何処で知ったんだそれ。ネットか？　工藤朝美《くどうあさみ》が飯田さんの過去の画像と罵詈雑言《ばりぞうごん》を貼ってまわった事件を思い出す。

「今は無期限休業中なんですよ」

ところが飯田さんは笑っていた。

表情に戸惑いはなく心からの笑顔だった。彼女はあきらかに喜んでいたのだ。

ひょっとして、彼女は何処かで誰かに見つけて欲しいと思っていたのだろうか。

誰かに思い出して欲しいと願っていたのだろうか。

「うわあああ、やばい、マジえぐい、ファンなんです、うわあああ、ちょっと何だこの偶然、偶然っていうかディスティニー！」

「市原うるさい。とりあえず乗ろうよ、話はそれからね」

真魚が市原の尻を蹴るが市原はまだ感激に浸っている。ぼくは片手で飯田さんを促してそのついでに髪に触れた。

「いきなりこんな調子でなんだかごめん」

「いいの。こっちこそ感動しちゃった」

荷物をトランクに詰め、四人で乗りこむ。

鼻歌まじりに片手で運転しているのは市原だ。ぼくも真魚も運転が下手くそなのでありがたい。

「飯田さん、あとでサインください！」

「サインをお願いされるのは久しぶりかも。でもいつから応援してくれてたの？」

「ちょうど十年前くらいっす。小四か小五のときだから……」

「それじゃ私が十二歳で子役からグラビアの仕事に移ったあたり？」

「写真集も持ってます！　水着の写真がやばかった」

「市原！」

怒鳴ってどうなるわけではないけど、ぼくはとりあえず威嚇の意味で怒鳴った。

「小学生でグラビア写真集を買うなんておませすぎるよ」

飯田さんはルームミラーに映る市原を可愛らしく睨《にら》んだ。いやもっと怒鳴っていい。もっと激怒してもいい。なんて心優しいアイドルなんだろう、ぼくの彼女は。

「すみません。あの頃の飯田さん、ちょっと髪が短くて、当時の真魚にそっくりで」

「似てないよ！」

間髪入れずに市原に突っ込んだのは、ぼくではなく真魚だった。

市原はミラーを確認するついでの口調で真魚に反論する。

「いや似てたよ。そっくりの美少女だった」

「ぜったい似てないって。飯田さんに失礼だよ」

「そんなことないよ。真魚ちゃんはきっと私よりも可愛かったと思う」

「そうなんですよこいつ本当に昔から可愛くて、おれ、ガキんとき真魚に内緒でご当地アイドルを募集してたローカル番組に書類を送ったんですよ、でも書類選考通過の通知が来たところでバレちゃって、おじさんとおばさんとうちの母親と勇魚からめちゃくちゃ怒られて、真魚も泣いて嫌がって」

「あたりまえだ」

市原が真魚に向かって可愛い可愛いとおだてるのは今に始まったことではなかった。物心がついた頃からいつもそうだったから、すでに市原の口癖になっているのだろう。そんなふうにこいつが甘やかしたもんだから真魚はご覧の有様《ありさま》のワガママ姫になってしまったのだ。

飯田さんの目にはどう映っているだろう。ぼくと真魚よりも市原と真魚のほうがよっぽど双子っぽく見えているのではないだろうか。

そっと彼女の様子を窺《うかが》うと、夢中で窓の外を眺めていた。

「そんなたいした街じゃないだろ？」

「そんなことないよ。すごいね、モノレール。東京《とうきょう》とはちがうデザイン」

お盆休みのせいか道路は空《す》いている。何処までも快適なドライブが続く気がしていたのはもちろん錯覚だった。

「もうすぐ着く」

緊張がはしる。市原が戦闘機のパイロットよろしくハンドルを切る。

「鬼姑《おにしゅうとめ》が仁王立ちで待ってるよ」

真魚が飯田さんをからかう。あは、と飯田さんが強《こわ》ばった笑顔で返す。

「大丈夫。まあ何とかなるよ」

ぼくは飯田さんの手を握った。もっと優しい言葉をかけるべきかなと思ったけれど、真魚と市原がいるので恥ずかしかった。

車を停《と》めて荷物を降ろすと、市原は手を振って隣家に帰ろうとした。

「何かあったら呼んで。バイトのシフトを変えてもらったから今夜は家にいる」

「市原。これ」

ぼくは土産物屋の紙袋からインスタントのお好み焼きセットを取り出し、市原の胸に放る。

「おう、いつも悪いな。それじゃまた」

相変わらず市原はぼくへの態度が肝心なところで素っ気なくて他人行儀だ。まあ他人だからいいんだけど。

さて深呼吸しよう。

飯田さんの腕をつかんで大きく大きく息を吸ったところで、目の前の玄関ドアがいきなり開いた。

スリッパのまま飛び出してきたのは、ぼくの父親だ。

「声が聞こえたから。……飯田さん、お久しぶり。よく来てくれたねえ！」

ぼくと真魚を突き飛ばして飯田さんの両手を握って振りまくる。

「お父様、先日は……」

「いいから！　いいからいいから入って、外は暑いでしょ。おう勇魚久しぶりだな」

「ご心配をお掛けしました」

厭味《いやみ》たっぷりの口調でぼくは父さんにご挨拶する。

「パパはうっぜえなあ、ママは？」

真魚はさっさと家に入ろうとする。

「母さんも鮎太《あゆた》もいるよ。いないわけないだろう」

それはたしかに父さんの仰る《おつしや》とおり。

飯田さんはアイドル時代の訓練どおりに口角の筋肉を動かし、いつでも全開の笑顔が出せるように準備して斉藤《さいとう》家にやってきた。

懐かしい匂いがする。

ぼくの家族の匂いだ。

「ママ。勇魚が帰ってきたよ、飯田さんも一緒だよ！」

真魚の声が軽やかに響く。

―14―

「聞こえる？」

重いドアに耳を当ててあたしは勇魚《いさな》とパパに訊《き》く。でもふたりとも静かにかぶりを振った。

「駄目だ、聞こえない」

「パパ、なんでこう機密性の高い家を建てちゃったわけ？　もっとスカスカの会話丸聞こえのおおざっぱな家を建てればよかったのに」

「ママが家でピアノを弾くのが夢だって言ってたから、防音対策だけはしっかりと」

「あにゃあ」

「コマンダー鮎太《あゆた》、大事なミッション中です。私語は控えて」

鮎太のお衣装はサバイバルな迷彩柄だ。どうしてママはこんな日にこんなベビー服を着せてるのだろう。もしや飯田《いいだ》さんへの宣戦布告の隠喩か。

あたしはパパから鮎太を抱き取った。いつものようにあったかい。

聞き耳を立てているのは客室の前だ。本来は斉藤《さいとう》本家ご一行が来襲したときにお通しする隔離部屋だけど、ママが嫁入り道具のアップライトピアノを置いてたまに弾いている。そしてあたしもパパも勇魚もその音色に興味がない。

この部屋の中で、我らのヒロイン飯田さんは鬼姑《おにしゅうとめ》とガチファイトの最中だ。

つい十五分前のこと、リビングであたしたちを待ち構えていたママは、いきなり立ち上がって鮎太をパパに預け、「あなた、ちょっといいかしら」なんて洒落《しゃれ》たマダム口調で飯田さんをピアノ部屋に押し込んだ。

それきりふたりはまだ出てこない。

「ここはいったん退却だ。繰り返す、総員退却せよ」

パパが眉間に皺《しわ》を寄せ、右手でハンドサインを出して振る。

「……んだよもう！」

勇魚が小さく呻《うめ》いて勢いよくドアを開けようとしたのを、あたしとパパで必死に押さえた。

「駄目、勇魚、入っちゃ駄目だって！」

「息子よおまえは何故《なぜ》いつも肝心なところでキレるのだ、ここは堪《こら》えどころだぞ」

「ふが、ふが」

「鮎太司令官、私語は控えて」

「あんたらで勝手に遊んでろよ。知るか」

勇魚は捨《す》て台詞《ぜりふ》を残し、わざとらしいほどの足音を響かせて階段を上っていった。

「ほらキレた。ああ、また勇魚がキレた」

あたしは鮎太をパパの胸に戻した。

「あたしは勇魚をあやしてくるから、ママが飯田さんをボコボコにし終えて出てきたらすぐ呼んでよね」

まったく頼りになりそうもないパパに大事な仕事を与えて、とりあえずあたしは勇魚を追って二階に駆け上がった。

こういうの、久しぶりだ。

数年前、勇魚の反抗期は熾烈《しれつ》だった。

きっかけは些細《ささい》なこと。私立のお坊ちゃん学校の美術部に所属して小学校でも中学校でも県コンクール入賞常連だった勇魚が、高校に進学したとたんに美術部をやめて漫研に入ってしまった。

その動機は、実はあたしもよくわからない。

勇魚の漫画はたしかに細かいし構図もしっかりしているけれど、なんかちょっと、内容が薄いというか、面白い漫画なのかと訊かれると残念ながらそれは違う。たとえていうなら、大正デモクラシー期や戦前のカッフェに貼られてるポスターみたいな漫画なのだ。ノスタルジックで紙面がざらついている。そこできらめいているのは美術部時代の勇魚が得意にしていたデザインの才能だ。

あたしは、油絵の制作に没頭したあとの勇魚が漂わせている絵の具の匂いが好きだった。

だからこそ、同じ趣味なら漫画よりも絵画を続けて欲しかった。

それなのに勇魚は絵をやめた。美術部をやめた。その反抗期は実に理不尽で、両親の言葉ひとつひとつに突っかかっていた。あたしは勇魚がキレはじめると理恵《りえ》や市原《いちはら》のところに逃げていたので、結局この双子の兄がどうやって困難な思春期を乗り越えたのかはわからない。

あたしと勇魚は相部屋で、中心の共用スペースに仲良く学習机を並べている。

ベッドは部屋の両壁側に離して、その周囲をカーテンで覆って病院の入院室のようなプライベート空間を確保していた。とりあえず双子とはこうして育てるべきだという親の思い込みのせいで、高三の卒業式の朝までこうして暮らした。

だからこの部屋は、子ども部屋というよりも、入れ替わりの激しい学生寮の一室みたいだ。

久しぶりに、無人のベッドにひとの気配がある。

勇魚はベッドの上にちょこんと座り、あたしが追ってくるのを待っていた。

「なあ、あれやめてよ。誰があんな悪趣味なことしたんだよ」

そしていきなり不機嫌に東側の壁を指さした。

　豪華な額縁で飾ってあるのは、勇魚が中二のときに小規模なコンクールで特賞を獲《と》った絵だ。のっぺりしているけれど緻密な勇魚らしいタッチで、デフォルメされた象やらキリンやらを描いている。

　白の背景にぐるぐるしながら浮かぶ色の配分は見事だった。

「ママに決まってるでしょ。ママの嫌がらせは後からじわじわくるから」

「むかつく」

　勇魚はベッドから飛び降り、壁の額縁を外そうとした。けれど余裕なくぴたりと壁面に張りつけられている。両腕でがちゃがちゃと揺すっても紐《ひも》が固くて外れない。

「ああ畜生、外れない！　真魚《まな》ちゃん手伝って」

「はいはい後でね」

　真魚ちゃんと呼ばれたのは久しぶりだ。勇魚ほどではなかったけれどあたしにも高二の頃には細波《さざなみ》のような反抗期があって、そのときあたしは両親と勇魚と市原に対し「あたしを真魚ちゃんと呼ぶな！」と怒鳴ったのだ。裏を返せば、高二になるまで実の兄や隣人に可愛《かわい》い真魚ちゃんだの姫様だのと呼ばせていた自分も悪かった。けれどあたしの決死の反抗も虚《むな》しく、ママは相変わらずあたしを三歳児のように真魚ちゃんと呼ぶ。

「昔の絵を飾られるなんて磔刑《たっけい》に等しい拷問だ」

「ねえ勇魚、なんであのとき美術部をやめて漫研に入ったの。ママ泣いてたよ」

あたしは勇魚の背中にさらりと訊いてみた。

両手を額縁にかけたまま、勇魚は器用に振り返る。

「今それ訊く？」

「訊く。高校生になったとき、それまでは絵で賞をいっぱいとってたのに、急に、オタクでもないくせにいきなり漫研に転部してさあ。勇魚のガッコの美術部の先生まで家庭訪問してきて大変だったよね、美術部内の人間関係でトラブルがあったんじゃないかって。誰にも理由を言わないで見えない敵と戦ってるみたいだった」

「敵ならいたよ。今も明確に存在してる」

どれだけ額縁を引っ張ったって外れない。ようやく勇魚は諦めて、両手で頭をかき混ぜた。

「真魚。あんたはあれからまだ小説を書いてる？」

「いきなり何。そういう趣味はやってないけど」

「才能あるのに何でだよ！　――ぼくはあのとき母さんに言ったんだ。絵画で賞をとったぼくと同じくらい小説コンクールで賞をとった真魚を褒めてくれって訴えた。真魚だってもっと怒ればよかったのに！」

「何をガチギレしてるのかわかんないんだけど落ち着いて。ママもパパも真魚ちゃんすごいねって言ってくれたよ。あたしはそれで充分だった」

「そういうんじゃなくてさあ！」

勇魚は二つ並んでいる学習机の右側の席に座った。綺麗《きれい》に片付いているのは、勇魚がすでに巣立ったからではない。ここで暮らしていたときから勇魚の机は常に整理整頓されていた。

彼は小声で何か呟《つぶや》いてから、一番下の大きな引き出しを開けた。その奥に手を突っ込んで、古いノートを引っ張り出す。

「勇魚、それ何」

「いいから」

勇魚が押しつけてきた古いノートをめくった。いきなり白紙で戸惑う。ああ、これは最後のページから逆開きで使ってるんだ。

鉛筆書きの漫画だった。

久しぶりに見る勇魚の書き文字。几帳面《きちょうめん》だけどあたしよりも下手な文字。

大きなコマと手書きの効果線。さすがにデッサンとデザインの基礎がしっかりしているだけあって、絵の骨格は整っていた。

勇魚がはじめて描いた漫画だ。

ギャグもシリアスも上手《うま》くハマって最高によくできてる。

気づけばにやにやしていた。魂の底から笑いがこみ上げてくる。漫画の絵は上等、だけどこの作品のクオリティを高めているのはなんといってもストーリーだ。

文句のつけようのないストーリー、なぜならこれ、あたしが中二のときに新聞社主催の児童文学コンクールで賞をもらった『それいけ妖怪バス！』そのままだったから。

主人公の名前もヒロインの名前も妖怪バスの車掌の設定も微妙に変えてるけど、台詞《せりふ》はすべて、あたしの小説からの無断盗用だった。

「高一の夏に、あんたが中学のとき賞をとった話を盗作してノートに漫画を描いたら、すごく面白いって噂《うわさ》になってクラス全員から褒められた。原稿にペン描きで清書して出版社に投稿すべきだって言われた」

「今からでも遅くないよ。あたし手伝うからさあ、これ練り直して新人賞に送ろう。少年誌ならバトルをメインに」

「やだよ。ぼくは真魚に創作の才能があるって証明したかった。でも言い出せなくて無断であんたの話を盗作した。今さらだけどごめん」

「いいよ許す。だってこれめちゃくちゃ面白いし！」

「だから漫画に目覚めたんだよ。それで高校の美術部はやめた。今度は自分で考えた話を自分の絵にしようと思って、自分でちゃんと創ろう、そうでないとぼくの代表作は真魚の小説のパクリで終わってしまうから。真魚に負けたくない。そう思って」

パクリなんて言葉が勇魚の口から出るなんて思わなかった。

勇魚はいつもあたしを置いていく人間だった。あたしはずっと勇魚の背中を見ていたけれど、そのときの勇魚があたしの何を見ていたのかなんて想像したこともなかった。

あたしは手を伸ばして、自分よりも高いところにある勇魚の頭を撫《な》でた。

「ごめんなさいって言ってくれてありがと。高校の時もあんなキレ方しないで素直に言えば良かったのに。ガキだったんだねえ」

「真魚は今でもガキだろ」

何だよ、もう普段の勇魚に戻った。

でもそれでよかった。

ほんと、よかった。

「ねえ勇魚、冗談抜きで合作しようよ。あたしがネタをつくるから」

「ぼくは真魚が書いた小説を読みたい。あんたには才能があるんだよ、どうして自覚できないんだ。真魚のそういうところ、話してたらむかついてくる」

「あたしの自己肯定感が低いからでしょ、でもそれは勇魚の自己肯定感が高すぎるからだよ。バランスとれててちょうどいいじゃん」

「ぼくは真面目に言ってるんだけど」

勇魚はそう言って溜息《ためいき》をついた。それから深呼吸して、ふと振り向いてあたしを呼んだ。

「なあ真魚。理恵叔母ちゃんの結婚、の件」

すん、と空気が透き通るのがわかった。

「もし辛《つら》いことがあるなら話をきくよ。ぼくがつきあうから。冬にぼくがぼろぼろだったとき、真魚もぼくの話を聞いてくれただろ？　ぼくが吏子《りこ》と田辺《たなべ》をぶっ殺したいって呻いてるのをじっと聞いてくれた。だから今度はぼくが聞く」

「このタイミングで何を言いだすかと思えば」

目線は上げない。勇魚の漫画ノートをぱらぱらとめくるふりをする。

――あたしと理恵のこと、いつから知ってた？

もしかして勇魚は、あたしの隠し事を引き出すために、先に自分自身の隠し事を懺悔《ざんげ》したのか。

「何だよ勇魚、叔母ちゃんが結婚するからあたしが拗《す》ねてるんじゃないかって心配してくれてるの？」

「真魚」

勇魚はあたしに近寄って、ぎりりと両腕をつかんだ。そしてあたしを見据える。

「ぼくは隠してたことをあんたに言った。だから真魚も言え。ぼくに隠してることあるだろ？　たとえば子どものときに」

言えば何かが変わるだろうか。

言えば過去は消滅するだろうか。

でもそれはあたしではなく勇魚の願いだ。家族の願いだ。だから理恵のことは言わない。これはあたしが決めたことだ。

「あたしだってピチピチの女子大生だからぁ、エロい恋バナもヒミツも無いこともないけどお……言えば勇魚は怒って叫ぶし、そもそも理恵叔母ちゃんとは関係ないよ」

「怒らないから。叫ばないから、力になるから」

「ほんとっ？」

あたしは上目遣いに勇魚を見上げた。

こんなやり方で承認をとるのは卑怯《ひきょう》かもしれない。でも理恵のことにすり替えて告白するなら、あたしはこう言うしかない。

「実はあたし市原と本気でつきあってる。市原と愛し合ってる、結婚するんだ！」

「あ？」

「何なのそのしょっぱい反応。あたしは勇魚よりも市原と一緒に育ったようなもんでしょ、あたしたちがやってないとでも思ってた？」

あたしは上手に笑ってみせた。心から朗らかに笑えた。だってあたしは幸せなんだもん、嘘《うそ》のつきようがない。

「実は生理が遅れてる。妊娠検査薬で調べたらうっすら陽性の線が出てるっぽい。数日あけてもう一度調べたほうが良《い》いってネットには書いてあったけど、ぜったい陽性まちがいない。あたしは市原の奥さんになるんだ、それで赤ちゃんを産む！　母親王にオレはなる！」

絶叫しそうになってる勇魚の腕をつかんだ。ほら怒ってる。

つかみ合って互いに肩で息をする。勇魚は言葉を探している。あたしは少し怖かったけど、勇魚の言葉に期待している。

「市原には？」

勇魚が声を押し殺す。あたしも囁《ささや》き返《かえ》す。

「まだはっきり決まったわけじゃないから。元からあたし生理不順だし、確定してから告げる」

「い、いつから、その、ふたりは結ばれてたわけ？」

「生まれる前。前世からだよ、あたしが勇魚の妹になるより先」

あたしは笑いながら答える。完璧な回答だと我ながら感動した。勇魚も感動して泣けばいいのに。あたしの恋と運命を祝して泣くべきだ。

勇魚の目玉が泳いでいる。それが可笑《おか》しくて笑いそうになった瞬間、ドアがどんどんと鳴った。

「おおい双子ちゃん」

パパがノックしている。

あたしと勇魚は互いを突き飛ばすようにして離れた。だからドアを開けたパパには、あたしと勇魚がそれぞれ別の方向を向いて喋《しゃべ》っているように見えたに違いない。

「ふたりとも何やってるんだ、早く下りてきなさい。ママが呼んでる」

「行くよ」

勇魚があたしの肩をひとつ撫でて、先に駆け出していく。

すぐに一階から明るい笑い声が聞こえてくる。ママと飯田さんだ。飯田さんはまたしても起死回生の一撃を放ち、今度はママを倒したようだ。

どんだけ戦上手なんだよ。たいしたもんだな、あたしも見習わなくちゃ。

——15.

ぼくは飯田《いいだ》さんが泣いているんじゃないかと思った。

でも泣いていなかったし、目の縁が赤くなっていたけれど悔し泣きをした直後というわけでもなさそうだ。何より、母さんと顔を見合わせて笑っている。

そんな彼女の胸では鮎太《あゆた》が眠っていた。

「飯田さんは赤ちゃんの扱いに馴《な》れてるのね」

「子どもは大好きなんです」

「彼氏のうちに遊びに来た女の子って、必ず子ども好きをアピールするんですってね」

ママの笑顔の厭味《いやみ》を、飯田さんも柔らかい笑顔でかわしている。心配したほど悪い関係ではなさそうだ。ぼくはとりあえず安堵《あんど》した。

「はい、勇魚《いさな》お兄ちゃんも抱いてみたら？」

飯田さんは鮎太をぼくに差し向けた。

「遠慮しとくよ」

ぼくは両腕を背中に隠して頭を振った。

「小さいから怖い。壊れそうだし」

「怖くないよ、そう簡単には壊れない。——飯田さん貸して」

真魚《まな》が飯田さんから鮎太を抱き取る。すっかり手慣れていて、鮎太も全身の力を抜いて真魚に身を委ねているのがわかった。

ぼくは真魚のやけに艶っぽい首筋と細い腕を眺める。

本当に妊娠しているのだろうか。なんだか頭がぐるぐる回る。

「ずいぶんと長い密室会談だったね。ママが飯田さんを煮て焼いて食べてるんじゃないかって勇魚が心配してたよ」

真魚が母さんの横顔に尋ねている。どうやって話を切り出したらいいのかとぼくは悩んでいたのに、真魚はあっさりと直球を放った。

母さんは寛容に笑った。バラエティ番組でゲスト席に座る大女優の顔だ。

「パパもとっくに許してることだし、ママもふたりの交際と同居についてはもう反対はしません。飯田さんはしっかりしたお嬢さんだし、お母様は東京《とうきょう》で服飾のお仕事をなさっているんですってね。女性実業家だなんてご立派よ」

そんなことまで飯田さんは母さんに自己紹介させられたらしい。飯田さんの母親は、飯田さんが芸能界から逃げ出した後、服飾ブランドを立ち上げて東京と神戸《こうべ》に店を構えている。飯田さんの就職が決まっても母君からの干渉はなかった。

「そういうわけで、今日の夕食は皆で楽しみましょう。でも勇魚が帰省している間、飯田さんにはホテルに泊まってもらいますからね」

「はいお母様」

飯田さんの「はいお母様」という言い方が愉快だ。本人は大真面目に返事しているようだけど、見習いのメイドのようで可愛《かわい》い。この可愛らしさを堪能《たんのう》してから「様なんてつけなくていいよ」と忠告しておこう。

ふらりと姿を消していた父さんが、スマホを片手に戻ってきた。

「飯田さんに泊まってもらうホテルの部屋を押さえたよ。お盆で混雑しているようだが、少々古いコネを使って特別に用意してもらった。宿泊料金のことは気にせずに好きなだけ滞在してゆっくり過ごすといい」

それからの父さんは、ひたすら飯田さんに良《い》いところを見せようとフルスロットルだった。

今夜のためにバーベキューの準備を進めてきたのだと胸を張り、狭い庭に懐かしいバーベキューセットを置いて火を熾《おこ》す。その間に真魚と飯田さんがキャッキャとガールズトークで盛り上がりながら食材を用意し、ぼくはというと母さんと鮎太を押しつけられた。

赤ん坊を猛暑に晒《さら》すわけにはいかないから、エアコンの効いた屋内から庭を眺める。

ワシワシと町を包む大音響はクマゼミの合唱だ。生まれて初めての夏を鮎太はどう認識しているのだろう。この世に生まれ落ちたことを後悔していなければいいが。

ぼくはちょっと意地悪な質問を投げてみた。

「真魚とぼくのどっちに似てる？」

「三人ともパパに似てるよ、……っていうか、鮎《あゆ》ちゃんこそはパパと同じ仕事に就いてもらわなくちゃ。また斉藤《さいとう》の本家から重圧が」

よよよ、と母さんがわざとらしい泣《な》き真似《まね》をする。

鮎太はすっかり熟睡して重い。いい感じの重さだ。自分の肉の一部を抱えているような気分になれる。

ぼくは鮎太に顔を寄せて額にくちづけした。可愛い家族には自然と唇を寄せたくなる。

「母さんは、ぼくと真魚が弁護士を目指さなかったから、鮎太を妊娠して産もうと決めたの？」

「……お兄ちゃんは鋭いね。ノーとは言えないよ、双子を産んだのにひとりもまともに育てられなかったから斉藤家の墓に入る資格はないって言われていたし、ママは意地になってたのかもね」

「あいつら最低だ」

「でもあなたの彼女さんは、勇魚くんを産んでくださってありがとうございますって言ってくれた。いい子ね」

そこは自信をもって肯定できる。ぼくは力強く頷《うなず》く。母さんも頷いた。

「芸能界のお仕事も話してくれた。幼い頃から大人たちに囲まれていいようにされて、最初は楽しかったはずなのに、恥ずかしくて屈辱的な仕事も経験したそうよ。だけど華やかな世界に流されずに貞操を守ってきた。きっと自分の心と躰《からだ》にプライドをもった強い女の子なのだとママは思う。真魚ちゃんがあんな娘だったらよかったのに」

恥ずかしくて屈辱的な仕事。工藤朝美《くどうあさみ》の部屋で見せられたグラビア写真のことか。大胆な姿でベッドに這《は》い、上目遣いで細長い棒アイスに舌を這わせていたあの姿。彼女が業界から逃げ出すきっかけになった仕事。

「お兄ちゃん、ママと二つだけ約束して」

「ひとつじゃなくてふたつ？」

「そう。一つ目は、何でもすぐに自分で決めて飛び出していっちゃうところを改めなさい。彼女に触れたことも、自分の部屋に住まわせたことも、あなたが強引に迫ったでしょ」

「彼女に聞いた？」

「聞かなくてもわかるよ。あなたにはパパに似て傲慢なところがあるでしょ。男らしさと独善を間違えないでね、ママもパパには振り回されてるから」

どういう顔をしていいのかわからない。

図星だった。それを口頭で指摘されると、なおさら、自分がどれだけ恋人の扱いに不慣れで傲慢でみっともない人間であるかを思い知って、惨めだ。

そうか。だからぼくは吏子《りこ》ともああいう結末になったのかもしれない。

「飯田さんはあなたに尽くしていい気分で楽しませてくれているの。そこに甘えて彼女を粗末にしてはだめ」

母さんは、ぼくの目を覗《のぞ》いた。

「ママは理恵《りえ》と違って、この街を出たことがないし、就職したこともないし、専業主婦の生き方しか知らない。でもちゃんと生きてる。パパと暮らしてる。男は女を守るべきだし女は男に尽くすべきで、それが一番いいんだってママは経験上知ってるの。だから飯田さんを守って飯田さんに尽くしてもらいなさい。パパがそうするようにあなたもそうして。これがふたつめ。いい？」

理屈はわかるし説得力もある。けれどすぐには頷けない。ぼくと飯田さんは両親とは違うからだ。ぼくたちが生きるのはこの街ではなくこの家でもないからだ。

言葉を挟みかけたら、

「兄貴、冷蔵庫からビールを取ってこい。適当にクーラーバッグに入れて」

ふいに父さんが庭から窓越しに声をかけてきた。

「もうすぐ肉が焼けるぞ」

「すぐ行く」

そう応えて、鮎太を居間に敷いた布団に寝かせた。庭に出たらもう母さんとふたりきりで話す機会がないかもしれない。ぼくは振り向いた。

「――母さん、理恵叔母ちゃんと真魚のことだけど」

「何度も同じ事を言わせないで。それは誤解」

母さんは声を尖《とが》らせ、小さく肩を動かした。

表情が冷たく変わった。叔母と真魚の関係に感づいていながらも現実から目を逸《そ》らしている。ぼくに飯田さんとのことを説いた母さんの姿と矛盾している。

「真魚はぼくに嘘《うそ》をつき通したよ。理恵叔母ちゃんとは何もないと笑っていたけれど、それはぼくを気遣った嘘だ。ぼくにはわかる。わかるけど何も言えなかった。だから母さんに真魚を見て欲しかった」

「いいかげんに目を醒《さ》ましなさい」

「母さんはぼくの妄想を受け入れるわけにはいかないんだ。真実だとしても受け入れられない。真魚よりも理恵叔母ちゃんが大切だから。娘よりも双子の妹が大切だから！」

「理恵は理恵なりに真魚を可愛がっただけ。もしも何かあったように見えたならそれは真魚に誘惑されたせいで、理恵は悪くない。まったくもう弁護士になる道から勝手に逃げたお兄ちゃんにとやかく言われたくないって鮎ちゃんも嗤《わら》ってるよ。はいっこの話はおしまい！」

冗談めかした声としぐさで母さんは鮎太の頭を撫《な》でる。

ぼくは母さんの青白い腕をつかんだ。

「そうやって誤魔化してぼくをあしらえば済むと思ってる。母さんは卑怯《ひきょう》だ」

「先にパパとママを突き放してこの斉藤家から逃げた卑怯者はどちら？」

「今は真魚たちの話をしてるんだ。母さんは昔から真魚を見ていなかった。真魚のこと、もしも誤解じゃなかったらぼくらはいったい真魚にどう詫《わ》びれば」

「はいはいわかったわかりました！　それなら斉藤家に真魚ちゃんは要りませんから今後はお隣で面倒をみてもらうようにとお伝えください。ついでにあなたも要りません。ママが嫌いなら家族を捨てて自由にやればいいでしょう？　美しい彼女と末永くお幸せにね――これでいい？　お兄ちゃんはママが鬱陶しいから真魚ちゃんを守るふりして楽になりたいだけ。ママはちゃあんとわかってるよ。そして許してあげる。これで機嫌を直してくれる？」

「ちがう。あのね母さん、ぼくはそんな話は全然してなくて、ただ」

「ただ、なあに」

ただすべて認めて真魚を抱きしめてくれないか。喉の先までその言葉がこみあげて、なのにどうしても言えなかった。

「——いい。もう、いい」

ぼくはつかんでいた母さんの腕を放す。冷たくて懐かしい匂いがするりとほどける。

母さんのことがわからない。

会話も心も繋《つな》がらない。父さんと鮎太の三人で仲良く暮らす家庭を護《まも》るのが今の母さんの正義だ。鮎太が生まれたこの家に双子はもう要らないというのは思いがけず聞いた母さんの本性で、知ってしまったからには覆せない。嚙《か》みしめた奥歯が痛い。

母さんのことがわからないということがわかって、ぼくは寂しい。

「あらあら泣いてるの？　やだ可愛い」

母さんがぼくの頭をぽんぽんと撫でた。鮎太のようにあやした。

「今のは嘘よ、意地悪を言っただけ。鮎ちゃんがいても、これから鮎ちゃんが優秀な弁護士になっても、ママは死ぬまでずっと卑怯者のお兄ちゃんのママでいてあげる。ほらパパが待ってるから早くビールを持っていってあげて！」

明るくて軽やかないつもの口調に戻っていた。

真魚の悪戯《いたずら》っぽい喋《しゃべ》りかたは母さん譲りなのだ。そのあっけなさを真魚の兄として心から軽蔑した。

母さんが笑っているかぎり斉藤家の日常は変わらない。母さんが守る斉藤家の日常は崩れない。おかげで今日も明日も永劫《えいごう》に斉藤家は平穏で安泰で幸せは強固だ。

そして真魚も、母さんを壊さないように嘘を貫いた。母さんは真魚を愛していないのに真魚は母さんを愛している。真魚が守ったものをぼくは壊せない。

けれどたぶんもう、ぼくは一生、母さんに心を開くことはない。

母さんの感触が、ちぎれた鎖の残骸のようにいつまでもぼくの指先にある。

＊

庭でバーベキューなんて小学生以来だ。

母さんは鮎太の機嫌が悪くて泣き止まないと告げたきり部屋に籠もってしまった。赤ん坊と暮らしていたらよくあることだと父さんが他人事《ひとごと》のように言った。

真魚は昔と変わらず食が細い。食材が余っちゃうよと押しつけられて、いつものように残り物はすべてぼくが嬉々《きき》と平らげる。

実家で飲むビールは実家の味がする。

そして夏の夕暮れは特にアルコールが心に染みる。

まだ二十歳だから数えるほどしか親と酒を飲んでいない。ぼくと飯田さんが缶ビールをあけるのを、父さんが目を細めて見つめてる。

「ビール、まだある？」

父さんの問いかけにぼくが「まだ冷蔵庫に少し」と答えると、飯田さんが先に動いた。

「私、取ってきますね」

勝手口に駆け出す飯田さんの背中をみてぼくは苦笑する。普段での生活でもこの機敏さを発揮してくれたらありがたいんだけど、今回は特別なのだろう。

「そうだ、素面《しらふ》の運転手を用意しないと」

真魚が呟《つぶや》き、と同時に器用に口笛を吹く。魔物を呼び寄せるオカリナの如《ごと》くその音は響き、風に乗った瞬間にはもう隣家の窓から市原《いちはら》が顔を出していた。

「呼んだ？」

こいつは真魚の召喚獣か。

ぼくと父さんは吹き出す。

「市原、あんた今酒を飲んでる？」

「飲んでないよ」

「それじゃまた運転を頼むね」

「今から？」

「うん。飯田さんを宿泊先のホテルに送るの」

「待って、おれ、彼女にサインをもらわなくちゃ」

「いいよお。写真集でも何でも持っておいで！」

なぜか飯田さんではなく真魚が許可を出したので、市原はまた興奮気味に絶叫してぴしゃんと二階の窓を閉めた。

「サインって？」

父さんが目を輝かせてぼくに訊《き》く。

「市原、飯田さんのファンで昔の写真集とCDを持ってるんだって」

「それはそれは！　……それは、それは！」

百万円払うから譲ってくれとでも言わんばかりの顔だ。ぼくは簡易燃料の残りを父さんに投げつけた。

「こらこら兄貴、何をするんだお父さん燃えちゃうだろう！」

「あ」

ピアノの演奏が聞こえてくる。

「……ママが弾いてる」

この曲は音楽室で聞いたことがある。タイトルは知らないけど、聴けばあっという間に眠くなる優しい曲だ。ぐずっている鮎太もおとなしく夢の中だろう。

二分と三十秒後には、サンダル履きのまま市原が駆けてきた。

それからしばし、バーベキューの片付けも放り出して全員が頭を寄せ、市原が持ってきた飯田さんの写真集をめくる。

飯田さんは、それはそれは見事なロリータ少女だった。

工藤朝美に見せられた写真の時代よりもさらに遡った頃の笑顔だ。

ボーイッシュな短い黒髪に無邪気な笑顔を輝かせ、南国の海岸で遊んでいる。犬と戯れたり、現地の人と並んでピースしたり、砂に汚れた膝を抱いて夕陽《ゆうひ》を眺めている。もちろんページごとに違う水着姿も、セクシーというには早すぎる妖しさをまとっていた。幼い少女にビキニを着せるのは変態趣味だ。ぼくは写真集を引き裂きたくなる。美少女写真集は芸術なのだと説明されても認めたくない。

だって、この写真集を買った男たちの目的はひとつだ。飯田さんの細い水着姿に真魚を重ねて見ていた市原だけが例外中の例外。

写真のなかの飯田さんは、大人の視線にさらされて、カメラの前で笑っていた。自分の仕事の行き着く先が見知らぬ男たちの下半身であることを知っている表情だ。ぼくはまだ飯田さんとのつきあいが短すぎて、今は彼女の過去のすべてを受け入れられそうもない。寛容にはなれない。

気づくとピアノの子守歌はとうに終わっていた。

「うわあ、何してるの」

「飯田さんこれは、この本は」

「恥ずかしい！」

ビールを抱えて輪の中に戻ってきたご本人が、可愛い悲鳴をあげてぼくの手から写真集を奪う。豪速でページをめくり、ポーズが拙すぎるだの表情が硬いだのと独り言を呟いて反省会をはじめた。

「エクサイズが足りなくて股関節が固かったのよね。開脚ポーズが不格好だなあ」

そんなポーズは一生不格好のままでかまわない。ぼくが一言申し上げようとしたら、その肩を押しのけて市原が前に飛び出した。

「あの、よろしければサインを」

「もちろん、よろこんで！」

市原が差し出したペンで飯田さんは二冊の写真集とCDケースにサインする。そして当然のように市原の手を両手で握りしめた。

「本とCDを買ってくださってありがとう。これからも大切にしてやってくださいね」

「出た！　アイドル式の握手、本物だ！」

真魚がはしゃぐ。でも誰よりも飯田さんがはしゃいでいた。

「ということで市原くん、申し訳ないけどそれはイサのお母様に見つかる前に隠してね！」

たとえ厭《いや》なことばかりだったとしても、飯田さんは逃げ出した過去と向き合い、過去の自分を抱擁している。

そうだね。あなたは心も躰も強靭（きょうじん）な女性だ。

「はい、本日の握手会はここまで！」

だから独り占めしたい。ぼくは飯田さんの肩を引き寄せ、周りの男どもに足蹴りをくらわせた。

今日久しぶりに触れた飯田さんの肩は鮎太と同じ体温だった。


飯田さんは丁寧に、そして礼儀正しくぼくの父親に挨拶をした。荷物を持って玄関で靴を履いた後も、まだぺこぺこと頭を下げている。

父さんはなぜか威張り気味に胸を反らしていた。

「明日は僕たちのことは気にせず、勇魚と楽しいところで遊んできなさい」

「ありがとうございます。今日は本当にごちそうさまでした」

家の外では運転手の市原が車で待っていた。その隣にはもちろん真魚もいる。

「それじゃ、送ってくる」

ぼくは飯田さんの腕をとり、エンドレスになりそうな挨拶合戦を打ち切って外に連れ出した。

父さんの姿が視界から消えた途端、飯田さんが深く長く溜息《ためいき》をつく。

　大きな外交仕事を終えた政治家のように、夏の星空を仰いで「ああ！」と歓喜の声をあげた。

「私、頑張った！」

「満点だった。好きだ！」

　彼女の額に何度も何度もくちづけしていると、車の助手席から真魚が顔を出してぱちぱちと手を叩《たた》いた。

「いいから乗ってよバカップル。チューの続きは車の中で」

　笑いながらぼくたちを促す。その向こうで市原も笑っている。

　飯田さんと後部座席に乗る。握りしめた手が温かい。このまま今夜はずっと傍《そば》にいたい。

「あんたたち明日は何処《どこ》に遊びに行く？　あたしもバイトは盆休みだし何処にでも案内してあげるよ。飯田さんは行きたいところある？　観光地なら鉄板は門司港《もじこう》かな」

「景色のきれいなところが良いな。すかっとするところ！」

　すっかり真魚に懐いた飯田さんが元気に答える。重いプレッシャーから解放されてテンションがはね上がっているのだろう。

「それなら玄界灘《げんかいなだ》をドライブしよう。市原も付き合わせてやってもいいけどどうする？」

「明日は夕方からバイトだけど、それまでなら余裕でつきあう。本音を言えばバイトをサボりたい。うちのコンビニはどうせ客なんて来ないし」

「ほんっと地味なところにあるから客もバイトも寄りつかないよね。今まではあたしが煙草《たばこ》を買ってたからよかったものの、この先どうなるんだろ」

「そういえば真魚、もしかして煙草やめた？」

市原と真魚の間を裂いてぼくが声をかける。

よくぞきいてくれましたとばかりに真魚が振り向いた。

「あたし禁煙してるの。ばかみたいに吸ってたのはここ一年くらいだし、今は少ししんどいけど絶対やめる」

「よく決心したな」

「救急車で運ばれて入院した後、家に帰ってからパパにめちゃくちゃ怒られたのが効いた。それにあたし、もっと積極的に生きてみようと思ったんだ。あとはやっぱり家に鮎太がいるからね。てことで明日は海岸線を走るぞー」

これで決まりだと真魚が勝手に話題を区切り、明日のスケジュールをたてはじめた。

そのやりとりを聞きながら、ぼくの隣で飯田さんがうつむき小さく笑っている。

「なんで笑ってるの？」

「真魚ちゃんは、やっぱりイサの妹なんだなあって思って」

「似てる？」

「うん。見かけ以上にね」

飯田さんは悪戯っぽく笑って逸らした。

これは真魚から余計なネタを吹き込まれたに違いない。そのうち酒の力を使って問《と》い質《ただ》す必要がある。

もしかしたら、子ども部屋で磔刑《たっけい》に処されているぼくの絵と、真魚が書いた奇想天外な児童文学についてだろうか。

それについてなら、ぼくにも聞かせたい話がある。

「はい、到着！」

市原がホテルのエントランス前でふわりと車を停《と》めた。

父さんの親友が宿泊部の偉いひとだという、宴会場を兼ねた上品なホテルだ。

真魚が車から転がり降り、後部座席のドアを開けて飯田さんを降ろした。

「見かけはこんなだけど中身は超優良なホテルだから安心して。ちなみに朝食が最高に贅沢《ぜいたく》だよ、和定食もアメリカンブレックファストも豪華すぎて食べきれない」

「どうしよう、またお父様にお礼をしなくちゃ」

「勇魚抜きで動画でも撮って送ってあげてよ。パパは超ピュアのふりした浮気性のエロおじさんだから、いきなり刺激物を与えたら勘違いしちゃう」

ぼくは真魚に「いい加減にしろ」と釘《くぎ》を刺してから飯田さんのキャリーを降ろし、ホテルの前で持たせた。

飯田さんは背伸びしてぼくの頰にキスし、真魚と市原に手を振った。

「それじゃ、また明日。お休みなさい！」

そして元気よくホテルのフロントに向かう。フロントに立っていた男性が会釈して彼女に微笑《ほほえ》み話しかける。部屋はちゃんと押さえられているようだ。

再び車に乗り込みながら、真魚がぽつんと言う。

「そうだ市原。あたしたちがつきあってること勇魚に言ったから」

市原が悲鳴を上げた。人間は驚くと本当に垂直に飛び上がるものらしい。

「勇魚、おれたちのこと聞いたのか？」

「聞いた」

「なんかごめん。おれって勇魚の彼女の水着写真集を持ってるわ大事な妹の真魚とつきあっちゃうわ……何というか、これはもう勇魚をお義兄様《にいさま》とお呼びするべきか」

「ぼくをおにいさまなんて呼んだらバールのようなもので殺害するよ」

市原の動揺はかなりのもので、まだ車を出せずにいる。運転手の精神をこんなにいたぶってしまうとは真魚は鬼か。

だけど市原は大丈夫だ。市原と真魚はきっと、何があっても大丈夫だ。このふたりはいつも一緒だった。ずっと一緒にいたのだから、この先に何があろうが離れるはずがないのだ。

「勇魚は、おれと真魚を認めてくれる？」

「認めるもなにも最初からわかってた。ぼくが王子様で真魚がお姫様でおまえが騎士様で、王子様がお姫様と結婚しようとしたら必ず騎士様が奪って逃げていった。ぼくはひとり残されて寂しかった」

「ごめんね勇魚。あたしは異国のキラキラ王子様よりも我が騎士を選ぶ姫君なの」

「うっわ！　ひでえ！　ぼくの心の傷なのに！」

ぼくは後部座席から手を伸ばして真魚の頭を殴り、ついでに市原も殴っておいた。

「さっさと車を出せよ。こんなところにいつまでも停めてたらホテルの営業妨害だ」

「勇魚は相変わらず乱暴だなあ。今にして思えば、前回帰省したときの放心状態がいちばん扱いやすかったかも」

市原がミラーを眺め、小さく声をあげて窓の外を見た。

ぼくと真魚も顔を動かす。

ぼくたちの車をめがけて、飯田さんが走ってくるのが見えた。全力疾走したせいか肩で息をしている。

「ああよかった、イサたち、もう、行っちゃったかと思った！」

「どうした。忘れ物？」

ぼくは車から降りる。その手を飯田さんが引っ張った。

「あの、なんというか、お父様が用意してくださった部屋なんだけど、フロントのひとがイサと私の二名でご予約いただいてますって。だからあの、イサは私と一緒に、……ってお父様が気遣ってくださったのだと思う、の」

まじかよ。

ぼくは前髪をかき混ぜた。

——実の父親にこういうことをされると異様に恥ずかしい。よく時代劇にある、料亭の襖《ふすま》を開けたら赤い布団が敷かれているという場面を想像してしまった。

車の中からは真魚が身を乗り出し、えげつない顔でにやにや笑っている。

「さすがうちの弁護士様だ。ママは飯田さんを家に泊めることは許さないって言ったけど、勇魚が外泊しちゃ駄目だとは言ってないもんね！」

「でも親父《おやじ》さんってたぶん敵に塩を贈って自滅するタイプなんだろうなあ。それじゃおふたりさん、お休みなさい。長い夜をお楽しみくださいませ」

市原もどさくさに紛れて失礼なことを言い、するりと車を出してしまった。

遠ざかるテールランプを見送り、飯田さんがぼくを見上げる。

「イサどうする？　ここであなたを引き留めたら、私たちお母様にどう思われるか」

「あのひとのことはもう考えなくていい。ぼくの優先順位は変わらないから」

ぼくは躊躇《ちゅうちょ》する飯田さんの手を握った。

早足で歩きかけ、ふと思い返し、飯田さんの歩幅に合わせた。

いつもはぼくの半歩後ろをついてくる飯田さんが、急に調子を狂わされたせいかぼくの肩にこつんとぶつかる。

「えっ、どうしたの。急にゆっくりになって。二人三脚？」

「そ。二人三脚だ」

互いの腰を抱いて、笑いながら、イチニイチニと声をかけて、右足と左足を揃《そろ》える。

この歩調を自分の躰に記憶させる。これからのぼくはこの速度で生きる。

エレベーターで最上階に向かい、一番奥の部屋に入った瞬間、ぼくと飯田さんはふたりで「うわあ」と叫んだ。

ただのツインではなかった。普通よりも一回り広いデラックスルームだった。

飯田さんは広い窓から夜景を眺めている。その背中は最高だった。ぼくが流れて流されて到達したのがこの背中だ。

「イサ、一緒にお風呂に入ろう！」

飯田さんは高いヒールのサンダルを脱いで床に転がす。ぺたぺたと歩きながら、左右のピアスを外してテーブルに放る。ペンダントを外して、これは鏡の前に。

バスルームに向かって歩きながら今度は背中に手を回し、器用にファスナーを下げる。幼稚園児のようにワンピースを踏みたくりながら脱ぎ、もちろん床に放置。

「またはじまった！」

飯田さんが身につけたものを脱ぎ捨てながら部屋を歩くのはいつものことだ。ぼくはその後ろから拾ってついて行く。

純白の下着姿になったところで、飯田さんは両手を頭の後ろで組み、モデル立ちをした。

「どう？　昔の写真集と比べて、今の私。どう？」

「美しく華麗に世界一の女性に成長なさったと思いますよ」

「よく言えました。ご褒美にブラのホックを外させてあげる、男のロマンなんでしょ」

「どこでそんな知識を仕入れたんだ」

「イサの部屋のえっちな同人誌」

「ぼくが所蔵してる同人誌を読むときは閲覧申請書を提出してくれる？」

すっかり裸同然になったら、今度はぼくの番だ。

飯田さんがぼくの両腕からシャツを引き抜き、床に投げ捨てる。

「今夜の私は女豹《めひょう》だからね、イサを寝かせないよお！」

「わあ楽しみだなあ」

「信じてないのね。本当だから、ホントに……ほんと……う」

はい終了。

飯田さんはいきなり脱力し、ぼくの胸に倒れ込んで可愛い寝息をたてはじめた。ぼくは彼女をベッドに運んでからゆっくりとシャワーを浴び、美しい寝顔を肴《さかな》に水割り一杯を啜《すす》ってから、彼女の隣に潜り込んで眠った。

優しい夜だった。

＊

その翌日は真魚と市原と一緒に四人でドライブした。

飯田さんと真魚は道の駅で麦わら帽子を買った。つばの広い帽子がよく似合う。ふたりともただでさえ顔が小さいのに、帽子のせいでますます隠れてしまってそれは残念だった。

泳ぐわけでもなく、バーベキューを楽しむわけでもなく、ただ淡々と砂浜を歩いた。

飯田さんと真魚は手を繋いで、何やらクスクスと笑いながら裸足《はだし》で歩いている。ぼくと市原は彼女たちが脱ぎ捨てたサンダルを手にその後を歩いた。

「すげえ仲よさそう。女子ふたり、何を話してるんだろ」

市原が口を尖らせる。

ぼくは汗が滲《にじ》んだ額を拭った。歩く速度を緩めると、市原が隣に並んできた。

「あれから親友に寝取られた元カノの件はどうなった？　完全に切れた？」

「うん。もう知らねえし」

「元カノと寝取った親友を殺すって言ってたじゃん。殺さなくてよかったな、刑務所に入ったら飯田さんと出会えなかっただろ」

「うん、まあ、よかった」

ぼくは俯《うつむ》いて少し笑った。市原は妙なところで率直だ。こいつがぼくの義弟になるのか。やっぱりそれを想像すると背中がむずがゆくなる。

「真魚を頼む。おまえと結婚する気満々でひとり盛り上がってるから」

「勇魚には真魚のことを言う資格なんてない。知ってたんだろ、真魚がずっと叔母さんにされてたこと。あんたもあんたたちの母親も知ってて知らん顔してたんだろ。おれはあんたらを一生許さない。だから真魚をくれよ。今まで生きてきた二十年分が吹っ飛ぶくらい、この先ずっと真魚を幸せにするから。おれが真魚を連れ出すよ、あんたたちみたいな外面がいいだけのクソお上品な家族とは縁を切らせる。真魚がいなくても鮎太がいるからいいだろう？」

きゃっはー、と甲高い笑い声が響いた。

真魚と飯田さんが腕を組んで大笑いしている。

すっかり打ち解けて楽しそうだ。二匹の妖精がひらひらと遊んでいるようで微笑ましい。

ぼくは市原の言葉に返事をしなかった。何を話しても最後はすれ違うとわかっていたからだ。なぜなら市原の世界の中心は真魚であり、ぼくの世界の中心は真魚ではない。ぼくは市原から詰《なじ》られて安堵していた。ぼくは市原に真実を打ち明けていたんだ。そして市原は受け止めた。ふたりの世界は閉じた。真魚はもう彷徨《ほうこう》することはない。だからこれでよかった。たしかにぼくが奇麗事を言って割り込む必要はないし、その資格もない。

田辺《たなべ》と吏子の世界が閉じたように、市原と真魚の世界も閉じた。そしてぼくと飯田さんの世界もすでに閉じている。パートナーを得るとは、ふたりきりの世界を構築してその扉の鍵を共有するということだ。

夜まで遊んで、市原がバイトで抜けたあとはぼくと真魚と飯田さんの三人で深夜まで遊んだ。狭いカラオケボックスの一室で懐かしいボカロ曲をメドレーで歌った。真魚は最後まで一口もアルコールを口にしなかった。

真魚をタクシーに押し込んでからホテルに戻り、今夜はしっかり抱擁した。眠ってイチャイチャしてて目を醒ましてまたイチャイチャして、気がつくと朝だった。

翌日は繁華街を歩いた。ほんの数年離れていただけだというのに景色は新鮮だ。帰省するたびに古い店が潰れ、新しい店が建っている。故郷はいつまでも故郷ではありえないのだということをぼんやり思った。

あとは新幹線の時間を待つだけだ。

改札を抜けてホームに向かうエスカレーターに乗ると、ふたりして無口になった。夕暮れのホームは感傷的だ。

「また連れてきてくれる？」

ぽつんと飯田さんがぼくに訊く。

「ごめん。ぼくはもう実家には帰らない」

静かな沈黙が黄昏《たそがれ》にほどけていく。

「ぼくも、わからないってことがわかったんだ。母親のこと。大学を出してもらったら父親には恩を返す。鮎太のことも遠くから見守りたい。だけど母親には、もう」

飯田さんは荷物を足下に置き、背伸びしてぼくの頭を抱いた。

そっと抱いてくれた。

「――そうね。話してくれてありがとう」

「だから飯田さんと新しい家をつくりたい。ずっと一緒にいたい。結婚したい」

心で思うよりも先に言葉がするりと出た。

飯田さんはちょっと意地悪く微笑む。

「私たちはまだつきあいだしたばかりだから、嬉《うれ》しいけどその約束はまだ早いかもね。あと三回は喧嘩《けんか》して倦怠期《けんたいき》をのりこえて、私に飽きちゃってもやっぱりついてきて欲しいのなら、同じことを言って」

「あと三回も衝突するのか。あと三回もテーブルを蹴倒す飯田さんを叱って、裸足で飛び出す飯田さんを追いかけなくちゃならないのか」

「でもそのたびに前進してきたよ」

そのとおりだった。

あと二分で上りの新幹線がホームに入る。帰省が終わる。次はいつ飯田さんと旅行できるだろう。来年の今頃、彼女は社会人でぼくはまだ学生だ。きっと今のようには暮らせない。今のようには遊べない。価値観が変わる。やがて摩擦熱から引火する。だけど、ありとあらゆる衝突と破壊と滅亡のシナリオを思い浮かべて並べてみても、彼女と別れる選択肢はない。何処でどうなっても、きっと大丈夫だ。

そう思うと心に余裕ができた。

マンションに戻る頃にはすっかり日も暮れていた。

帰り着いたとたんに飯田さんが部屋の鍵をなくしたかもと言いだし、半泣きでバッグを漁《あさ》っている。

「飯田さん、ポケットの中は探した？」

「うにゃ、あ、あった！　いやんよかった！」

悲鳴を遮るように彼女のスマホが鳴った。

飯田さんはぼくの表情を一瞬だけ覗いてから電話に出る。

「もしもし。ああどうも、うん、いろいろとお世話になりました、すごく楽しかったよお。……ん？　痛いの？　真魚ちゃん大丈夫？」

どうやら電話の相手は真魚だ。

飯田さんは、そうだなあと困惑しつつもいくつか市販の鎮痛薬の名前を挙げた。それから女子用の腹巻きを勧めてようやく電話を切った。

「真魚から？　何の話をしてたんだよ、薬とか腹巻きとか」

「私もよくわからないんだけど、急に、生理痛には何が効くか教えてくれって。ずっと生理不順で、久しぶりに生理が来ちゃってしんどいんですって。ただそれだけ」

ぼくは二度ばかり瞬目してから、飯田さんの横顔を見つめた。

「そっか」

「真魚ちゃんって可愛いな。他愛《たわい》ない電話をもらうと、なんだか本物の姉妹みたいでちょっと嬉しいかも」

妊娠していなかったのか。

真魚はきっとしょげている。どんなふうに声をかければいいのかわからないし、真魚も慰めを期待していないからこそ遠回りに伝えてきたのだ。

これが今のぼくと真魚の距離だった。

今後は真魚との連絡も減るだろう。月に一度が数ヶ月に一度になり、いつかは数年に一度の関係になる。寂しい。でもこれでいい。たとえ宇宙の端と端に離れているとしても、ぼくたちは永遠に互いを感じあう一対の双子だ。

「さてと」

飯田さんがぼくたちの部屋のドアを開ける。背をつつかれてぼくが先に入る。ほんの数日ぶりなのに切なくなるほど懐かしい。

ここがぼくの家だ。飯田さんと暮らす場所だ。

「ただいま」

「ただいま！」

ふたりで声を揃えて、無人だった部屋に挨拶した。

窓から差し込む月の光がとてもきれいだった。

了

あとがき

本作品で、第31回電撃小説大賞のメディアワークス文庫賞と川原礫《かわはられき》賞を授かりました。選考に関わった皆様、そして川原礫先生に、心より御礼申し上げます。

また、出版に向けてご尽力いただいた関係者の皆様、支えてくれた家族、同期の仲間、励ましの言葉をくださった先輩作家の先生方にも深く感謝いたします。

この作品を読み終えた方、ご購入を検討して書店で手に取っている方、試し読みをしている方、さまざまな方がこのあとがきを目にしていることと思います。

おそらく作品の意図を探っているのではないでしょうか。

ここにあるのは、たぶん私たちがすでに人生のどこかで出会ったことのある、ザラザラして、チクチクして、カラカラに乾いた「何か」です。

本作品で描いた双子の兄妹《きょうだい》は、成人しているものの精神的にはまだ幼く、大人でもなく子どもでもなく何者でもなく、目の前の大恋愛で頭がいっぱいです。辛《つら》いことも理不尽も、わからないことだらけの日々は何もわからないまま、夜明け前の青暗い時間にいます。

そんなふたりと、彼らを取り巻く大人たちの姿に、「なんだか全然わからないしわかりたくもない。でもたしかに心当たりがある」――そんなふうに感じていただけたら嬉《うれ》しいです。

改稿を重ねた日々は楽しくて、辛くて、しんどくてしんどくて、それでも有意義な時間でした。担当のおふたりにはご面倒ばかりおかけしてしまい申し訳なかったです。

一年前の四月、私は応募原稿を「選考結果待ち」のフォルダに入れ、胸をときめかせていました。それは人生でいちばん長くていちばん短い一年のはじまりでした。

季節をめぐって、たった今、ひとつめの旅が終わりました。

次にお目にかかれる日を約束できないのが心苦しいのですが、それでも、愛と祈りと執念を込めて、どんな形であれこれからも小説を書いていきます。

もしよろしければ、いつかどこかでまた私の作品を見つけてください。私の作品もあなたを捜しにいきます。

それでは、ここまでおつきあいいただきありがとうございました。

ごきげんよう。ひとまず、さようなら。

東堂杏子《とうどうあんず》

<初出>

本書は、第31回電撃小説大賞で《メディアワークス文庫賞》《川原礫賞》を受賞した『古典確率では説明できない双子の相関やそれに関わる現象』を加筆・修正したものです。

この物語はフィクションです。実在の人物・団体等とは一切関係ありません。

メディアワークス文庫

古典確率《こてんかくりつ》では説明《せつめい》できない双子《ふたご》の相関《そうかん》やそれに関《かか》わる現象《げんしょう》

東堂《とうどう》杏子《あんず》

2025年4月25日　初版発行

発行者　山下直久
発行　株式会社**KADOKAWA**
〒102-8177　東京都千代田区富士見2-13-3
0570-002-301（ナビダイヤル）
装丁者　渡辺宏一（有限会社ニイナナニイゴオ）
印刷　株式会社暁印刷
製本　株式会社暁印刷

●お問い合わせ
https://www.kadokawa.co.jp/（「お問い合わせ」へお進みください）
※内容によっては、お答えできない場合があります。
※サポートは日本国内のみとさせていただきます。
※Japanese text only

※定価はカバーに表示してあります。

Printed in Japan
ISBN978-4-04-916273-8 C0193

メディアワークス文庫　https://mwbunko.com/

本書に対するご意見、ご感想をお寄せください。

あて先
〒102-8177　東京都千代田区富士見2-13-3
メディアワークス文庫編集部
「東堂杏子先生」係

恋に至る病

斜線堂有紀

僕の恋人は、自ら手を下さず150人以上を自殺へ導いた殺人犯でした——。


　やがて150人以上の被害者を出し、日本中を震撼させる自殺教唆ゲーム『青い蝶』。

　その主催者は誰からも好かれる女子高生・寄河景だった。

　善良だったはずの彼女がいかにして化物へと姿を変えたのか——幼なじみの少年・宮嶺は、運命を狂わせた“最初の殺人”を回想し始める。

「世界が君を赦さなくても、僕だけは君の味方だから」

　変わりゆく彼女に気づきながら、愛することをやめられなかった彼が辿り着く地獄とは？

　斜線堂有紀が、暴走する愛と連鎖する悲劇を描く衝撃作！

メディアワークス文庫

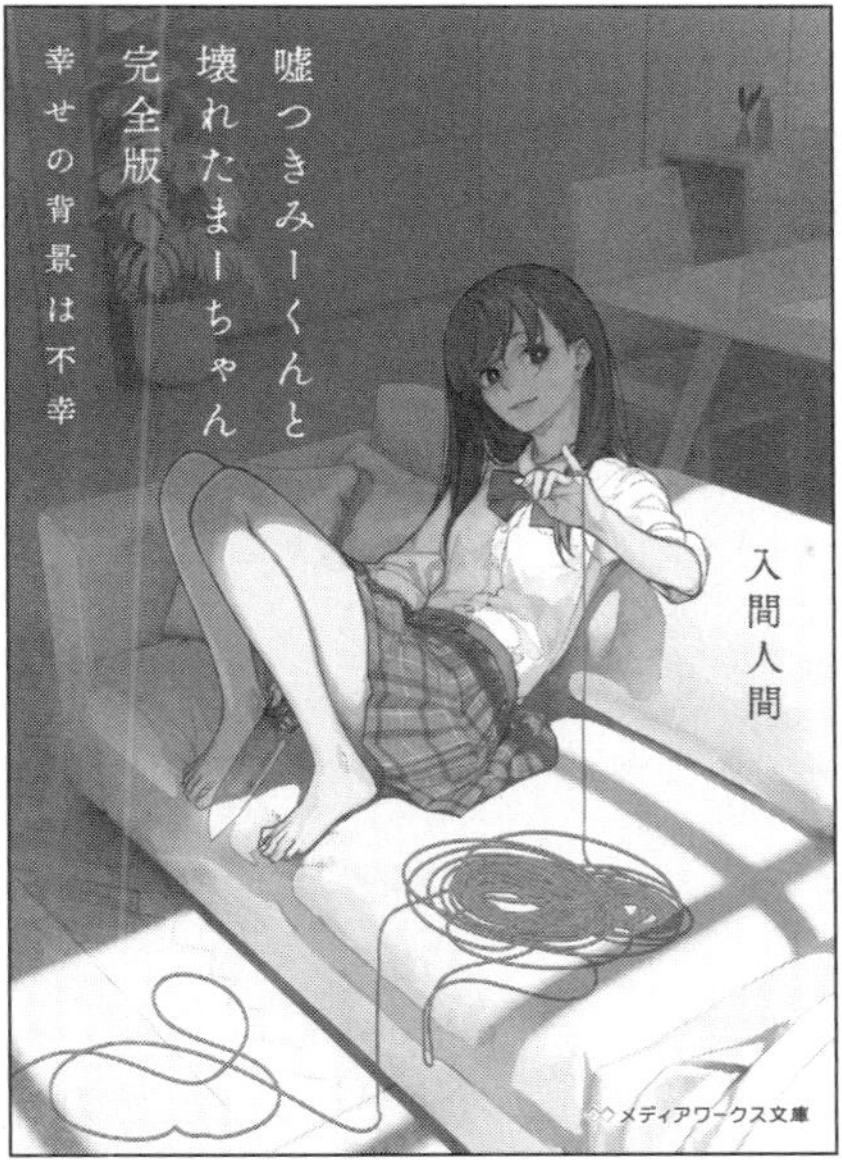

嘘つきみーくんと壊れたまーちゃん 完全版

幸せの背景は不幸

入間人間

彼女はクラスメイトで、聡明で、美人で、僕の恋人で――誘拐犯だった。

「君を世界で一番×してる。……嘘だけど」

クラスメイトの御園マユ。まず第一に、とてつもなく美人。他人を寄せつけない孤高の存在。そして、これが大事なんだけど……実は僕の恋人。

――そう、表向きは。

最近、小学生の誘拐事件が街を騒がせているらしい。

僕はずっと不思議なんだ。マユ……いや、まーちゃん。

君はなぜあの子たちを誘拐したんだろう。

すべての読者を騙し、慟哭と衝撃の真実を突きつけるミステリーが、完全版で蘇る。

メディアワークス文庫